U0939752

虎雏

沈从文集

（精装纪念版）

沈从文 著

江苏人民出版社

图书在版编目（CIP）数据

虎雏：精装纪念版 / 沈从文著 . — 南京：江苏人民出版社，2022.12
ISBN 978-7-214-27512-7

Ⅰ. ①虎… Ⅱ. ①沈… Ⅲ. ①短篇小说 – 小说集 – 中国 – 现代 Ⅳ. ①I246.7

中国版本图书馆 CIP 数据核字 (2022) 第号

书　　名	虎雏（精装纪念版）
著　　者	沈从文
责任编辑	胡海弘
出版发行	江苏人民出版社
地　　址	南京市湖南路 1 号 A 楼，邮编：210009
印　　刷	天津旭丰源印刷有限公司
开　　本	880 mm × 1 230 mm　1/32
印　　张	7
插　　页	4
字　　数	167 000
版　　次	2022 年 12 月第 1 版
印　　次	2022 年 12 月第 1 次印刷
标准书号	ISBN 978-7-214-27512-7
定　　价	45.00 元

（江苏人民出版社图书凡印装错误可向承印厂调换）

目 录

福生 _ 001
我的邻 _ 006
王谢子弟 _ 013
大小阮 _ 035
顾问官 _ 053
岚生同岚生太太 _ 063
虎雏 _ 071
生 _ 097
三贝先生家训 _ 103
道师与道场 _ 106
更夫阿韩 _ 119
阿金 _ 126
失业 _ 132
若墨医生 _ 140
生存 _ 159
七个野人与最后一个迎春节 _ 168
血 _ 178
元宵 _ 184

编者说明 _ 220

○ ○ ○ 福生

哈，看看背书轮到最小的福生来了，大家都高兴。

虽说师母已在灶房烧了夜火，然而太阳还刚转黄色，爬到院中那木屏风头上不动，这可证明无论如何，放学后，还有两个时辰以上足供傩傩他们玩耍。

“呀，呀，呀，呀，昔——昔——”

“昔孟——”

“昔孟——呀，呀，呀，呀，昔孟——呀，呀……”

“昔孟母！”先生拈了一下福生耳朵，生着照例对于这几个不能背书的孩子应有的那种气。

求放学的心思，先生当然不及学生那么来得诚恳而热烈。然而他自己似乎也有一点儿发急，因背夜书还不到第二个时，师母就已进来向先生讨过烧火的纸煤子了。

“昔孟母，择——呀，呀，呀，择，择邻……”

“择邻处！”这声音是这样的严重，一个两个正预备夹书包离开这牢狱的小孩，给那最后一个“处”字，都震得屁股重贴上板凳！

大家怔怔地望着先生那只手——是第四个指头与小手指都长有两寸多长灰指甲的左手。这时的手已与福生的耳朵相接触了，福生的头便自然而然歪起来。他腿弯子也在筛颤，可是却无一个人去注意。

“蠢东西！怎么这大半天，念四句书也念不下呢？”先生上牙齿又咬着下口唇了，大家都明了先生是气愤。至于先生究竟为什么而气愤，孩子们都还小，似乎谁也不能知道。也许这是先生对于学生太热心了的缘故吧！不然，为甚先生的气总像放在喉管边一样，一遇学生咿唔了三次以上脸就绯红。

“你看人家云云，比你才大过好远，一天就读那么多书。你呢，连这样四句好念的书，读了半天，一句整的也记不到。同人吵嘴——哼！都为我规矩坐到！就慌到散学了吧？——同人吵嘴就算得头一个，只听见一个人镇天吱吱喳喳，声气同山麻雀似的伶脆，读书又这样不行！”福生耳朵内听到的只是嗡嗡隆隆，但从先生音调顿挫中知道是在教训自己。

先生的手，依然恢复原状，在他嘴巴边上那五七根黄须上抹着了。歪过头来许久的福生，脸已胀得绯红，若先生当真忘了手的疲倦，再这样继续拈下去，则福生左眼的眼泪会流到右眼——连同右眼所酿汇的又一同流到右颊上去，这是不用说的事。先生手虽暂时脱离了福生耳朵，然而生书一句背诵不得的福生，难道处罚就是这么轻快容易，拈一阵就算了？哪有这种松活事？若果光拈一阵耳朵完事，那么，我们都不消念书，让先生各拈一阵耳朵就得了！根据过去的经验，福生在受处罚之先，依然就先把眼里所有的热泪吓得一齐跑眼眶外来。此外七八个书包业已整理好了的学生，各注意到福生刚被拈着的那只大耳朵，紫红紫红，觉得好笑。但经先生森然的目光一瞥，目光过处都像有冰一般冷的东西洒过，大家脸上聚集着的笑纹也早又吓得不知去向了。大家都怔怔地没有作声。

大家既怔怔地没有作声，相互各看了近座的同学一眼后，便又不约而同地把视线集中到先生正在脸上抓动的那两个有趣长指甲。这指甲之价值，从先生那种小心保护中已可知道。

然而当日有听到先生讲这指甲的德行的，便又知道除美丽，把人弄得斯斯文文以外，还可刮末治百毒，比洋参高丽参还可贵。

“今天不准回家吃饭！”

大家心里原来都正是为这件事情悬住了。自从这死刑由先生严重有威还夹了点儿余怒的口中说出后，各人都似乎感觉这一件东西忽然便落到心上。但是，大家接着便又起了第二个疑虑：觉得先生不准吃饭的意思，是把福生单独留到这里，还是像从前罚桂林一样，要他跪在孔夫子面前把书念熟——而大家都坐在位上陪等，到背了后再一齐放学？消息的好丑，在先生第二道命令没有宣布以前，还是无法知道。

若果不幸先生第一道命令的含义与处置的方法是根据桂林那次办去，这影响于另外这几个人玩耍的兴致就严重得说不出口，因此，大家在这刹那中，又都有点儿恨尽自“昔昔昔昔”连“昔孟母”三字也背不下去的福生。

“宋祥钧！”

云云听到先生叫他的名字，忙把书包夹到胁下窝，走到孔夫子牌子前恭恭敬敬将腰勾一下，回转身来，向先生又照样勾了一下，出去了。

“周思茂！”先生在云云出去后一阵子又点到第二个名字。

那高高长长的周莽子，在先生“茂”字还未出口时已离了座位——他也照样地勾了两次腰，若不措意，但实在略略带了点儿骄矜意思，觑了还在方桌边低头站着的福生一眼。

先生是这样一个一个地发放这些小学生回去。他意思是，若不这么一个一个放出，让他们一伙儿出去，则在学堂中已有了皮绊[1]，曾斗过口的学生，一出大门就会寻衅相打动起手来了。如

[1] 皮绊：纠纷。

今既可免去他们在街上打架，并且这方法好处又能使学生知道发愤，都想早把书背完则放学也可占第一，兼寓奖励之意。其实这一帮小顽皮孩子，老早就约了放学后各在学堂外坐候，一齐往北门外河滩上去玩的；就是打架也是这么约等，先生还不是在梦中吗！

凡是出去的向孔夫子与先生行礼外，都莫不照样用那双小而狡猾的眼睛把那位桌子边竖矗矗站着觳觫不安的福生刷一下。这不待福生抬头也能知道。可怜的福生，从湿润蒙眬的斜视里，见到过门限时每一个同学那双脚一起一落地运载着身子出去，心里便像这个同学又把他心或身上的某一部分也同时带去了！直到先生声音停顿中吹起水烟袋来，他自己才忽地醒转来认清自己还是整个——也只有这整个身子留到这冷落怕人的书房中。

遵命把那本《三字经》刚又经先生点过一道的“昔孟母，择邻处。子不学，断机杼。”四句书杂夹着些咿咿唔唔读着的福生，一个人坐到桌子上，觉得越读下去房子也越宽大起来了。

……周莽子这时好不快活！他必是搂起裤脚筒，在那浅不过膝清幽幽的河水里翻捉螃蟹了！那螃蟹比钱还小，死后就变成红色。……云云正同傩傩他们在挖沙子滚沙宝，做泥巴炮，或者又是在捡瓦片儿打漂水也说不定。要是洗澡，那就更有趣！“来，来，来，莽子嗳，看我打个氽子吧，”行看兆祥腰一躬就不见了，哈哈！那边水里钻出一个兆祥的头了，你看他扑通扑通又泅了过来……这样地玩着，不知道谁一个刻薄的忽然闹起玩笑来：喊一声“贵生——（或是莽子）你屋的妈来找你了。”那么，正在凫着水的贵贵会大吓一跳，赶忙把整个身子浸进水中去，单露一个面孔到水面上来，免让他妈在岸上发见他。“我贵贵在这里吗？”“伯娘，他不在这里，早回家去了。”于是，贵贵的妈，就给别一个孩子的谎语骗去了！而贵贵又高高兴兴地在那里泅来泅去。若是贵贵的妈并没有来呢，这使刻薄的准要受贵贵浇一阵水才了事。……这使刻薄的倘说的是“先生来了！”则行见一个两个都忙把身子浸进水里去，只剩下八九个面孔翻天的如像几个瓜浮在水面上——这必须到后又经另一个证明这是闹玩笑后，大家才恢复原状，一阵狂笑……

“读！读！不熟今天就不准转去！”先生的话像炸雷在耳边一响，才把正在迷神于洗澡时那种情景中的福生唤回。这书房里便又有一阵初急促暂迟缓单调无意思的读书声跑出墙去。

这嫩脆而略带了点儿哭音的读书声，是否还能吸引到每一个打墙外过身时行人的注意，这事无人知道。但我相信，这时正在道门口梆梆梆梆敲着叫卖荞面的柝声，无论如何总比书声动听。

当福生两次勾腰向孔夫子与先生行过礼后，抬起头来，木屏风上的太阳早爬到柚子树尖顶上去了。耳朵虽不愿接收先生唠叨的教训，但从灶房方面送来的白菜类落锅爆炸声却很听得清楚。这炒菜声使他记起肚子的空虚，以及吃夜饭时把苋菜汤泡成红饭的愿望来。

大概是因眼眶子红肿的原因吧，过道门口时，平素见狗打架也必流连一阵的福生，明明看到许多小孩，正在围着那个头包红帕子，当街乱打筋斗竖蜻蜓的代宝说笑，他竟毅然行过，不愿意把脚步放得稍慢一点儿，听几声从代宝口中哼出会把人笑得要不得的怪调子！栅栏前当路摆着那一盆活黄鳝，在盆内拥拥挤挤，也正是极有趣的事！他也竟忍心不去多看一眼。

一九二五年五月作

○○○ 我的邻

若把我这退过伍的上士也算在一起，这一个院子里已住上六个丘八了。凡是有两个女人住的地方，那一片小天下就少有太平时；凡是有三个大兵的地方，那地方便终日杀气腾腾。我们这里，却是副爷有一倍，女人又属于副爷太太，热闹透了。并且，其他的，我还忘了算上那几人——因为我就永不知道那两间房住几人——那是些，有音乐天才，每天除了吹打弹唱以外少有休息的亲哥子弟兄，又是北京大学法科的学生。

这属于上帝所分派（让我学一个基督教徒说这一句话吧），把爱热闹的处置在一个地方，好使大家全在一种吵打空气中生活下来，这若果是上帝的意见，我赞成。因为有些人，天生就是一面锣或一面鼓，搁下休息不久就将生出格外大的毛病来，就是每天做出噔噔或嘭嘭声音，他也不够数，还得别的如像小板鼓、钵、铛铛锣那各式各样东西来配合，才调和，才成套。然而，为什么把我也得夹在这套“响器”中？也许是我这退伍的上士，在行动中还保留了那一个上等兵的能对付一切嘈嘈的模样，因而把我留在这里享受！我奇怪我穷，使我无论如何设法离开这地方也不成。因了一些债，把我身子黏到这公寓，因了公寓给我的热闹，弄得我日夜全不得安静，我变成一个善于生气的人了。我又奇怪这北京，公寓客店既是那么多，空了一半房子的也常常有，全无一个客因而关门的也并不少，干吗这破庙似的地方，却是赶集一样这个去了那个又搬来？这是气运，诚然，这当真应说到气运上头了。我想若不是掌柜气运特别好，就是我气运特别坏，这二者必定居其一，才能如此的天然巧遇。

本来给大学生住的大学区附近公寓住满了副爷，且多数带了一名副爷太太，正如当局有意把大学附近全武装起来，好使学生能老老实实关到房门读书一个样，也许这样一来，学生们吓得不敢随便出门是实事。然而因此一来，书也真不必读了。一面防到同副爷误会肘子触肘子，一面又来领受那种叫嚣吵骂叱咤呜咽的耳福，要读书，也不让你有空的。忽然的，在大学校附近公寓住的学生全消灭，重新来了无数的副爷，这也是不大容易使我明白的事情。

在一种类乎占领类乎奏凯的模样中，教育这东西，只能全给副爷毁灭了，撕碎了。渺小的个人损失，当然是更不足道。

虽然我还应感谢我这公寓的老板，长年还是不改其度，能够用那不和气的脸嘴总使一个住客无从久待，就是那三位伙计，似乎对这逐客工作也帮忙不少——可是，这个去了那个来，气运如此，没有可说的！

在日里，不敢出到大院子去，恐怕别人疑心我是对他太太生了怎样不良的歪心，就只规矩坐在房中窗子下，看我的《释典》。然而你要涅槃在南房，有人却在北房敲打一切法宝做异声。在一切丝竹金石中，还有那口号；口号总不离马派《定军山》，头通鼓二通鼓，擂之不足又重来。

放下书吧，就听。但不久，《定军山》又完场，改为“大正琴”独奏《梅花三弄》了。“大正琴”奏毕还有二胡，二胡奏毕有箫，箫之外有笛……

从这些讨人厌烦纷扰唠叨中，我见到了地狱的轮回，我了解了各样地狱的景致。我是一个活着的人，不靠青脸赤发的小鬼，不靠牛头马面——单只靠这几个天才用他那惊心动魄的音乐引路，我游过地狱一遍了。

除了我逃出这公寓，每日我得给他们领导跋涉那各式各样的烦恼的山水。但我不能同一个浪子一样终日在灰尘烈日以及霍乱流行的大道上走，到图书馆去则藏书室关了门。还有我得活下来，得用我这败笔按着了纸写我所能写出的小说，写成拿到各处去，求讨少数的报酬，才不至于让我住房的东家撵我。要我在这种杂耍场一类地方看书也不能静心，怎么还能写出文章？一千字，在所谓我的货色行市中，至少我应当每天匀出工夫来写一千字，到月底，才有人开出饭来给我吃，这种情形下，一百个字也无从写了。

要想一事不做倒在床上睡，那音乐，那歌声，用了它那唯恐你久睡伤食的关心样子来嗾你，来搅你，好歹总得听。他又像知道我耳并不聋。塞了耳朵孔吧，塞过了，在纵然没有见到没有听到的行动中，这低调的无形的鞭子，还是在把我灵魂痛痛敲打啊！

我不明白这世界是什么样世界，神所分配给我的，连我在一种寂寞的生活下安安静静做一点儿白日的梦也吝惜！

“大正琴有两架咧，不用猜，是大帅的老乡吧。”一个朋友到我住处时听到弦歌之声就歆羡似的说是琴必有两架。但当听完我的诉苦以后就把眉蹙着笑了。

“你若是真心愿意听音乐，那么咱们住处就对调吧？”我说。

“但是我那边欠的债更多，怕不容易。”

朋友是显然想在欠账上把留难推托到他的掌柜身上，说是住处对调怕不能办到，但我很明白地看出了。实际上，朋友怕大正琴正不让于我。这个朋友便是极会作诗的也蘋君。

有时节，两边房里各有一个人，把那琴弹得嘣嘣咚咚的如同在比赛一个名曲，时间越来就越久，似乎谁都不甘心让谁比自己更精神，这种糟蹋空间寂静的功劳，最后是只能平分了。为他们揣想，这中大致还有那藏在心里的愤懑在，为了体面与气力，不会能对骂，不然总不会正适宜于睡眠的清晨还有那超拔琴声！

夜里，总应当稍稍休息了，人纵乐此不倦，为了那可以作声的乐器着想，休息也是一种普通的需要。是的，如我所希望，以及乐器所希望，人家放下这神圣工作了。

从上灯以后，看兴趣，有时是可以得一点两点钟安静的。感谢天，这些好邻居，他还有那朋友来邀他到别处去，把琴拿去到别一地方拉弹给一切有福的人听！

不过，一到夜来的天气，有凉的风为把日里新秋带有余骄的热气吹去，没有月的时节也还有星子，院子里适宜弹唱以外更适宜清谈，于是可敬的副爷们露着肘子在院子中各据了相当地盘，议论开始了。

这中我可以学得许多乖，有福能够听着一个少校模样的军官用他那地道的奉天土话臊骂着各式各样的娘。我奇怪 个军人在性欲上能找出那么多新鲜精致的术语，竟胜过一个用文字表现感情的艺术家，像是翻着字典在骂，又像是背诵一种极熟悉的文法，我不明白他那位太太听了做何感想。还有那另一个副爷太太听了是生出怎样情绪。

我将睡到床上还是坐到桌边来做我应在日里做毕的工作？我除开在纸上驰骤，为我的邻居副爷记录下一些足以供他日研究民族学的人帮助的骂人话语以外，写一首打油诗也不能办到，这简直是一个军营了。如那我所梦想的过去的军营，在打过胜仗以后，初初地集合拢来各展览其所掠得的宝物，用着那充满骄傲与愉快的喉咙，对着同队中人无恶意地随便互骂互诅。

只有睡着躺着听！

从一种不能做工不能安睡的生活中，我对我的穷，有着有生以来未曾有过的烦恼。要逃出圈子，只要在我每月平常收入下，多得四十元，或者再少点儿也可。但这区区四十元，把我身做抵押给别人，也没有能找到的机会。就是三十元，二十元，借也没处可以借。日子还正长着，我所合当受的罪，我恐怕到我能忍受的能力以内是永没有得救的缘法了。

一阵风，一阵雨，能把房中所有的苍蝇蚊蚋扫除得无影无踪。世界上，就没有那大风雨能够把我们院子里乐声全吹到很远一个地方去，也没有那样风，能够把我吹出这公寓。

唉！在往日，十二点以后，这些神之子，疲倦了，放下了一切，放下琴的拨子，放下了口的权利，放下了欢喜与愤怒——都睡了。我能请求我们的主人，留下一盏灯，在一点钟太平无事鸦雀息声的情形中，做完我应做的一切事。做完事后我上床，睡眠给了我们真正的平等，日里一切我把它忘了。

这幸福到如今来又给取消了。

理由是有人要打牌。这理由不悖乎人类生活同法科学生爱音乐一样。

若不是那牌骨一面上头所刻的字全是一些辱骂的记号，则我敢断定他们用为赌输赢的竟是一些骂人的字眼。把臊奶奶一类名词当筹码，是好像全桌子上人都一律采用了。唉，这也有要一个局外人听的义务。

在互相辱骂之中，忽又听到决裂了。人已似乎全站起身了，且听到推移桌子声，一人用那沉重的语调压迫对家声，一人劝慰声，倘或是，把拳捏得紧紧的，鼻子上一下，又怎样收场。或者，这边一拳过去，那一边，猛不知，飞起一件茶碗之类直落到这人的头上，血是要流的，不是临时又得差派人去请医生么？即或暂时能劝开，到夜深，或天刚亮时，其中谁一个吃了亏的悄悄爬起床来握一把刀去插在那睡着人腹上，自己溜走了，这不是常常在报纸上听到的新闻？……

在桌边，我还能想象那个弱一点儿的负隅自固的神气。要持了刀在天明时报仇的，必就是这人。

我这样地担心这一场战争。我算定这院子在明早上纵没有命案也总有凶案发生。我一面又感谢那争持，因为一到动武结局总也很快了。只要劝得两方平息，大致大家就能记得时间在人身上赋予的意义，所谓“鲁仲连”也者，当能明白睡眠解释冤仇的效能，结果大家各上各的床，加以太太在床上所施行于一个丈夫息怒的精致手术，至多到两点三点左右总就全体涅槃了。

听到像是一个副爷已被另一人拖开到西房了，又听到那弱一点儿的人被太太的低低埋怨声。同时桌了在移动，椅了四只脚拖在砖地上面发怪响。又有个人在把茶壶里的茶倒于杯中，或者这是那位太太劝他良人平气的手段。

没有如我所料的流血，虽然保不定到天明时节会出那惨案，不过目下总已到了结束善后的时期，心是放下一件重重的悬锤，我想再过一会儿，我们便都可以合目了。

然而还有更出我意料的事。

听到那西房的两过北房，是不久的事。又过三分钟，却已听到那个动武的人提议另外摸风了。牌，掉在地下的，大致已捡起，当然是在朱红漆方桌上四人各出一只手在那里合!

虽然还听到他们互相的道歉，以及太太们从旁用媚笑来帮助解释这误会，我总还有那天明的预兆在心中。先是以为只要这些人把“筹码”换一下，我总有睡眠希望。到这时，又不成功了。骂娘已很少，从那长时间的洗牌声中以及一张牌下掷的沉重声中能够明白各人心中的芥蒂，却依然存在。第二次上场，我却担心这中当有两条命案了。

不知在四点以前什么时候我居然为这些吵闹所开释，仍然睡着了。

醒转来时第一是那法科学生的笛子使我一惊，第二是窗上太阳，第三是北房牌声。“日光下头无新事”，我得重新担上我昨日所负荷的一切，到发洋财时搬家为止。

一九二七年六月

七爷等信信不来，心里着急，在旅馆里发脾气。房中地板上到处抛得有香烟头，好像借此表示要不负责一切不负责的意思。

算算日子，已经十九，最末一个快信也寄出了七天，电报去了两天，盼回信还无回信。七爷以为家中妇人女子无见识，话犹可说，男子可不该如此。要办事就得花钱，吝啬应当花的钱，是缺少常识，是自私。

“什么都要钱！什么都要钱！这鬼地方哪比家乡，住下来要吃的，捉一只肥鸡杀了，就有汤喝。闷气时上街走走，再到万寿宫公益会和老道士下一盘棋，一天也就过去了。这是天津大码头，一走动就得花钱，怕走坐下来也得花钱，你就一天不吃不喝躺到床上去，还是有人伸手向你要钱！”

七爷把这些话写在信上，寄给湖北家里去，也寄给杭州住家的两个堂兄，都没有结果，末了只好拿来向跟随茅大发挥。

其时茅大在七爷身边擦烟嘴，顺口打哇哇说：“可不是！好在还亏七爷，手捏得紧紧的，花一个是一个，从不落空。若换个二爷来，恐怕早糟了。”

七爷牢骚在茅大方面得了同情后，接口说：“我知道我凡事打算，你们说不得一背面就会埋怨我：（学茅大声气）‘得了，别提我家七爷吧，一个钉子一个眼，一个钱一条命。要面子，待客香烟五五五、大炮台，不算阔，客一走，老茅，哈德门！真是吝啬鬼！’我不吝啬怎么办。钱到手就光，这来办事什么不是钱。大爷三爷好像以为我是在胡花，大家出钱给我个人胡花，大不甘心似的。真是狗咬吕洞宾，不识好人心。”

“他们哪知道七爷认真办事，任劳任怨的苦处。可是我昨天打了一卦，算算今天杭州信不来，家里信会来。”

“会来吗？才不会来！除了捏紧荷包，他们什么都不知道。若不是为祖上这一点儿产业，做子孙的不忍它不明不白断送掉，我不舒舒服服在家里做老太爷，还愿意南船北马来到这鬼地方憋穷气？”

茅大说：“他们不体谅七爷，殊不知这事没有七爷奔走，谁办得了？也是七爷人好心好，换谁都不成！”

七爷苦笑着，一面剥格剥格捏着手指骨，一面说：“这是我自己讨来的，怪不得谁。我不好事，听它去，就罢了。祖上万千家业有多少不是那么完事？我家那些大少爷，没受过什么教育，不识大体，爱财如命，说是白说。”

“我可不佩服那种人，看财奴。”

七爷耳朵享受着茅大种种阿谀，心里仿佛轻松了一点儿。话掉转了方向：“老茅，我看你那神气，一定和二美里史家老婊子有一手，你说是不是？”

茅大又狡猾又谦虚摇着手，好像深恐旁人听见的样子：“七爷，你快莫乱说，我哪敢太岁头上动土！我是个老实人！”

“你是老实人？我不管着你，你才真不老实！我乱说，好像我冤枉你做贼似的，你敢发誓说不摸过那老婊子，我就认输！”

茅大不再分辩了，做出谄媚样子，只是咕咕地笑。

七爷又说：“老婊子欢喜你，我一眼就看明白了，天下什么事瞒得过我这双眼睛！”

“那是真的，天下什么事瞒得过七爷？”

“家里他们还以为我为人不老成，胡来，乱为。”

“他们知道个什么？足不出门，不见过世界，哪能比七爷为人精明能干，绝顶聪敏。”

茅大知道七爷是英雄无钱胆不壮，做人事事不方便。这次来天津办地产交涉，事情一拉开了，律师、市政府参事、社会局科长、某师长、某副官长，一上场面应酬，无处不是钱。

家里虽寄了八百，杭州来了一千，钱到手，哗啦哗啦一开销，再加上无事时过二美里“史湘云”处去坐坐，带小娼妇到中原公司楼上楼下溜一趟，一瓶法国香水三十六元，一个摩洛哥皮钱包二十八元，半打真可可牌丝袜三十元，一件新衣料七十五元，两千块钱放在手边，能花个多久？钱花光了，人自然有点儿脾气。不说几句好话送他上天，让他在地面上盘旋找岔子，近身的当然只有吃亏。

七爷为人也怪，大处不扣扣小处。在场面上做人，花钱时从不失格，但平常时节却耐心耐气向茅大算零用账，发信、买纸烟、买水果，都计算得一是一，二是二，毫不马虎。在他看来这倒是一种哲学，一种驾驭婢仆的哲学。他以为孔夫子说过，小人女子难养，放纵一点点必糟。所以不能不谨严。能恩威并用，仆人就怀德畏刑，不敢欺主。茅大摸透了七爷脾气，表面上各事百依百顺，对金钱事尤其坦白分明。买东西必比七爷贱一点儿，算账时还常常会多余出钱来，数目虽小都归还给七爷。七爷认为这就是他平时待下人严而有恩的收获，因此更觉得得意。常向人说：“你们花十八块钱雇当差的，还不得其用；我花五块钱，训练有方，值十五块！”至于这位茅大从史湘云处照例得到的一成回扣，从另外耗费上又得了多少回扣，七爷当然不会知道。

七爷真如他自己所说，若不是不忍心祖上一点儿产业白白丢掉，住在家乡原很写意，不会来到天津旅馆里受罪。

七爷家住在 × 州城里，是很有名气的旧家子弟。身属老二房。本身原是从新二房抱过老二房的，过房自然为的是预备接收一笔遗产。过房时年纪十七岁，尚未娶妻。名下每年可收租谷五千石到六千石，照普通情形说来，这收入不是一个小数目。除开销当地的各种捐项，尽经租人的各种干没[1]，母子二人即或成天请客吃馆子，每月还雇一伙戏班子来唱戏，也不至于过日子成问题。

不过族大人多，子弟龙蛇不一。穷叔辈想分润一点儿，三石五石的借贷，还可望点缀点缀，百八十石的要索，势不可能。于是就设计邀约当地小官吏和棍徒，从女色和赌博入手，来教育这个贤小阮。结果七爷自然和许多旧家子弟一样，在女人方面得了一些有趣的经验，一身病，在赌博方面却负欠了一笔数目不小的债务。先是把两件事隐瞒着家长，事到头来终于戳穿了，当家的既是女流之辈，各方面都要面子，气得头昏昏的，把七爷叫来，当着亲长面前哭骂一顿，到头还是典田还债。一面在老表亲中找个年长懂事承家媳妇，把媳妇接过了门，以为如此一来，就可以拘管着男的。子弟既不肖，前途无望，人又上了点儿年纪，老当家的过了两年便半病半气地死掉了。七爷有了一点儿觉悟，从家庭与社会两方面刺激而来的觉悟。一面自忏，一面是顾

[1] 干没：不付代价地轻易捞取。

全面子，于是在死者身上也大大地来花一笔钱。请和尚道士做了七七四十九天水陆道场，素酒素面胀得这些闲人废人失神失智。定扎上无数纸人纸屋纸车马，到时一把火烧掉。听穷叔辈在参预这次丧事中，各就方便赚了一笔“白财”。心愿完了，同时家业也就差不多耗掉一半。但未尝无好处，从此以后七爷可不至于再在女色、赌博上上人的当了。他想学好，已知道“败家子”不是个受用的称号。结婚五年后，女人给他生育了三个孩子，虽管不住他，却牵绊得住他。丈人老是当地律师，很有名，所以大阮辈也不敢再来沾光。他就在×州城里做少爷，吃租谷过日子。间或下乡去看看，住十天半月，找个大脚乡下女人玩玩，一切出之小心谨慎，不发生乱子。在亲族间，还算是个守门户的子弟。

七爷从这种环境里，自然造成一种性情，一分脾气——中国各地方随处可见的大少爷性情脾气。爱吃好的、穿好的。照相机、自来水笔、床上的毯子、脚上的鞋子，都买洋行公司价钱顶贵的。家中订了一份上海报纸，最引起他兴趣的是报上动人广告。随身一根手杖、一个打簧表，就是看广告从上海什么哈罗洋行买来的。人算是已经改邪归正，亲近了正人君子。虽不会作诗，可时常参加当地老辈的诗会，主要的义务是做东请客，把诗人请到家中吃酒，间或老辈叔祖和当地豪绅从他家中拿去一点儿字画，也不在意，所以人缘还好。为人不信鬼神，但关于打坐练气、看相卜课，却以为别有神秘，不可思议。不相信基督教，但与当地福音堂的洋人倒谈得来，原因是洋人卖给过他一个真正米米牌的留声机，又送过他两瓶从外国运来的洋酒。并不读什么书，新知识说不上，可是和当地人谈天时，倒显得是个新派，是个有头脑的知识阶级。极赞成西洋物质文明，且打算将来把大儿子学医。但他也恰如许多老古板人一样，觉得年轻人学外国，谈自由恋爱，社会革命，对于中国旧道德全不讲究，实在不妥。对人生也有理想，最高理想是粮食涨价和县城里光明照相馆失火。若前者近于物质的，后者就可说是纯粹精神的。照相馆失火对他本人毫无好处，不过因为那照相馆少老板笑他吃过女人洗脚水，这事很损害他的名誉。七爷原来是懂旧道德也爱惜名誉的。若无其他变故，七爷按着身份的命定，此后还有两件事等待他去做，第一是纳妾，第二是吸鸦片烟。

但时代改造一切，也影响到这个人生活。国民革命军进入武汉时，×州大户人家都移家杭州和苏州避难，七爷做了杭州公寓。家虽住杭州，个人却有许多理由常往上海走走。上海新玩意儿多，哄人的、具赌博性质的、与男女事相关的，多多少少总经验了一下。嗜好多一点儿，耗费也多一点儿。好在眼光展宽了，年纪大了，又正当军事期间，特别担心家乡那点儿田土，所以不至于十分发迷。

革命军定都南京后，新的机会又来了，老三房的二爷，在山东做了旅长，还兼个什么清乡司令，问七爷愿意不愿意做官。他当然愿意，因此过了山东。在那部队里他做的是中校参谋，可谓名副其实。二爷欢喜骑马，他陪骑马。二爷欢喜听戏，他陪听戏。二爷欢喜花钱，在一切时髦物品上花钱，他陪着花钱。二爷兴致太好了，拿出将近两万块钱，收了一个鼓姬，同时把个旅长的缺也送掉了。七爷只有这件事好像谨慎一点儿，无多损失。二爷多情，断送了大有希望的前程。七爷却以为女子是水性杨花，逢场作戏不妨，一认真可不成。这种见解自然与二爷不大相合。二爷一免职下野，带了那价值两万元的爱情过南京去时，七爷就依然回转杭州，由杭州又回×州。

回家乡后他多了两重资格，一是住过上海，二是做过军官。在这两重资格下，加上他原有那个大少爷资格，他成了当地小名人。他觉得知识比老辈丰富些，见解也比平常人高明些。忽然对办实业热心起来，且以为要中国富强，非振兴实业不可。热心的结果是在本地开了个洋货铺，仿上海百货公司办法，一切代表文明人所需要的东西，无一不备。代乳粉、小孩用的车子（还注明英国货）、真派克笔、大铜床、贵重糖果……开幕时还点上煤气灯，请县长致辞！既不注意货物销场，也不注意资本流转。一年后经理借办货为名，带了二千现款跑了。清理账目，才明白赔蚀本金将近一万块钱，唯一办法又是典田完债。

这种用钱方法正如同从一个缸里摸鱼，请客用它，敬神用它，送礼也用它，消耗多，情形当然越来越不济事。办实业既失败了，还得想法。南京祠堂有点儿附带产业，应分归老二房和新大房的大爷三爷，三股均分。地产照当时情形估价两万。

七爷跑到杭州去向两个哥哥商量办法："我想这世界成天在变，人心口坏，世道日非。南京地方前不久他们修什么马路牛路，拆了多少房子，划了多少地归公。我们那点儿地皮，说不定查来查去，会给人看中，不想办法可不成！"

大爷说："老七，这是笑话！我们有凭有据，说不得人家还会把我们地方抢去！"

七爷就做成精明样子冷冷地说："抢倒不抢，因为南京空地方多着。只是万一被他们看中了，把祠堂挖作池塘，倒会有的。到那时节祖先牌位无处放，才无可奈何！"

三爷聪明，知道七爷有主张，问七爷："老七，你想有什么办法？”

七爷说：“我也没有什么办法，不过是那么想着罢了。照分上说我年纪小，不能说话。我为祠堂设想，譬如说，我们把这块地皮卖了，在另外不会发生问题的地方，买一块地皮，再不然把钱存下来生利息，留作三房子弟奖学金，大爷以为如何？”

大爷心实，就说：“这使不得。一切还是从长计议。”

三爷知道七爷来意了，便建议：“地产既是三房共有的，老七有老七的理由。人事老在变动，祠堂既从前清官产划出来的，如今的世界，什么都不承认，谁敢说明天这地皮不会当作官产充公。不过变卖祠堂给人家听到时是笑话，不知道的人还说王家子孙不肖，穷了卖祠堂。并且一时变卖也不容易。不如我和大爷凑七千块钱给七爷，七爷权利和义务就算完事。至于七爷把这笔钱如何处置，我们不过问。不知大爷赞不赞同。”

大爷先是不同意，但无从坚持，只好答应下来。

七爷在文件上签了字，把钱得到手后，过上海打了一个转，又回南京住了一阵子，在南京时写信给三爷，说是正预备把五千块钱投资到个顶可靠顶有希望事业上去，做将来儿女教育经费。事实上七爷回×州时，还剩下三千块钱，其余四千已全无下落。

为紧缩政策，七爷又觉悟了，就从×州城里迁往乡下田庄上去住，预备隐居。写信汇款到青岛去买苹果树，杭州去买水蜜桃树，苏州去买大叶桑树，又托人带了许多草种、花种、菜种，且买了洋鸡、洋兔子。此外还想方设法居然把城里福音堂牧师那只每天吃橘子的淡黄色瑞士母羊也牵到乡下来。总之，凡是七爷认为重要能弄到手的动物植物，都想办法找来了。七爷以为经营商业不容易，提倡农业总不甚困难。两年后，果然有了成绩。别的失败，所种的大卷心洋菜有了收成。不过乡下人照例不吃洋菜，派人挑进城，来回得走五十里路，卖给人又卖不去，除了送亲戚，只有福音堂的洋人是唯一主顾。但七爷却不好意思要洋人的钱。七爷种菜成功，因此做了县农会的名誉顾问，被当地人看成一个专家，自己也以为是个专家。

如今来天津，又是解决祠堂的产业。不过天津情形比南京复杂，解决不容易。因为祠产大部分土地在十年前早被军阀圈作官地拍卖了，剩余的地已不多，还有问题。七爷想依照南京办法，大爷三爷又不肯承受。七爷静极思动，自以为天津有门路，活动很有把握，自告奋勇来天津办理这件事。

中国事极重人情，这事自然也可以从人情上努力。二爷军队上熟人多，各方面都有介绍信。门路打通了，律师也被找着了，重要处就是如何花钱，在花钱上产生人情的作用。七爷就坐在天津哗啦哗啦花钱。

至于用钱，那是事先说好，三房先各拿出一千元，不足时或借或拉，再平均分摊。解决后也做三股均分，另外提出一成做七爷酬劳。三爷为人厚道，先交一千块钱给七爷。大爷人老成精，对七爷能力怀疑，有点儿坐观成败的意思，虽答应寄钱，却老不寄来。

七爷到天津已差不多两个月，钱花了两千过头，事情还毫无头绪，无解决希望。想用地产押款又办不到。写信回家乡要钱，不是经租的做鬼，就是信被老丈人扣住了，付之不理。

七爷在天津找到一个又能干又可靠的律师做顾问。这律师，一个肚子被肉食填满、鼻子尖被酒浸得通红的小胖子。永远是夹着那只脏皮包，永远好像忙匆匆的，永远说什么好朋友中风了，自己这样应酬多，总有一天也会忽然那么倒下不再爬起。说到这里时差不多总又是正当他躺到七爷房中那沙发上去时。

律师是个敲头掉尾巴的人，一双小眼睛瞅着七爷，从七爷神气上就看得出款子还不来。且深深知道款子不来，七爷着急不是地产权的确定，倒是答应二美里史湘云的事不能如约践行。这好朋友总装成极关心又极为难的神气。

“七爷，我又见过了杨副官长、荀参事，都说事情有办法。何况二爷还是保定同学！……杭州那个还不来吗？”

七爷像个小孩子似的，敲着桌子边说话：“我们王家人你真想不到是个什么脑筋。要钓大鱼，又舍不得小鱼。我把他们也莫可奈何。我想放弃了它，索性一个大家不理，回家乡看我农场去！”

律师以为七爷说的是真话，就忙说：“七爷，这怎么能放弃？自己的权利总得抓住！何况事情已有了八分，有凭据，有人证，功亏一篑，岂不可惜。我昨天见处长，我还催促他：‘处长，你得帮点忙！七爷是个急性人，在旅馆中急坏了。’处长说：‘当然帮点儿忙！七爷为人如此豪爽，我姓贾的不交朋友还交谁？我在想法！’我见师长也说过。师长说：‘事情有我，七爷还不放心吗？七爷性子太急，你想法邀七爷玩玩，散散心，天津厌烦了，还可到北平去，北平有多少好馆子！便宜坊烤鸭肥得像老兄一样。’”

律师添盐着醋把一些大人物的话转来转去说给七爷听，七爷听来心轻松松的，于是感慨系之向律师说：“朋友都很容易了解我，只有家里人，你真难同他们说话。”

“那是他们不身临其境，不知甘苦。”

“你觉得我们那事真有了点儿边吗？”

“当然。”律师说到这里，把手做成一个圆圈，象征硬币，“还是这个！我想少不了还是这个！‘风雪满天下，知心能几人？’他们话虽说得好，不比你我好朋友，没有这个总不成！我们也不便要人家白尽义务，七爷你说是不是？”

七爷说：“那当然，我姓王的，不是只知有己的人。事办得好，少不得大家都有一点儿好处。只是这时无办法。我气不过，真想……”

律师见七爷又要说“回去”，所以转移问题到“回不去”一方面来。律师装作很正经神气放低声音说：“七爷，我告你，湘云这小孩子，真是害了相思病。你究竟喂了她什么迷药，她对你特别有意思！”

七爷做成相信不过的样子：“我有什么理由要她害相思病？一个堂子里的人，见过了多少男子，会害相思病？我不信。”

律师说：“七爷，你别说这个话。信不信由你。你懂相术，看湘云五官有哪一点儿像个风尘中人。她若到北京大学去念书，不完完全全是个女学生吗？”

七爷心里动了感情，叹一口气。过一会儿却自言自语地说：“一切是命。”

律师说：“一切是命，这孩子能碰到你这个侠骨豪情的贵公子，就是一个转机。她那么聪明，读书还不到三个月，懂得看《随园诗话》，不是才女是什么！若有心提携她，我敢赌一个手指，说她会成当代女诗人！”

“可是我是个学农的。”

律师故意嚷着说：“我知道你是咱中国第一流农业专家！学

农也有农民诗人！”又轻声说，“七爷，说真话，我羡慕你！妒嫉你！”

七爷对那羡慕他的好朋友笑着，不再开口。律师知道七爷不会说走了，于是更换话题，来和七爷商量，看有何办法可以催款子。且为七爷设计，把写去的信说得更俨然一点儿。好像钱一来就有办法，且必须早来，若迟一点儿，说不定就失去了机会，后悔不迭。又说因为事在必须，已向人借了两千块钱，约期必还，杭州无论如何得再寄两千来才好。并且律师竟比七爷似乎还更懂七太太的心理，要七爷一面写信，一面买三十块钱衣料寄给七太太去，以为比去信更有用处。

末了却向七爷说：“人就是这个样子，心子是肉做的，给它热一点儿血就流得快一些，冷一点儿血就流得慢一些。眼睛见礼物放光，耳朵欢喜听美丽谎话，要得到一个人信任，有的是办法！”

律师走后，七爷不想想律师为什么同他那么要好，却认定律师是他的唯一的好朋友。且以为史湘云是个正在为他害相思病的多情女人，待他去仗义援救。他若肯做这件事，将来在历史上也一定留下一个佳话。只要有钱，做好人太容易了。

七爷等信，杭州挂号信居然来了。心里开了花，以为款项一定也来了。裁开一看，原来是大爷用老大哥资格，说了一片在外面做人要小心谨慎，莫接近不可靠朋友的空话，末了却说，听闻天津地产情形太复杂，恐所得不偿所失，他个人愿意放弃此后权利，也不担负这时义务，一切统由七爷办理，再不过问。

照道理说，大爷的表示放弃权利，对七爷大有好处，七爷应当高兴。可是却毁了他另外一个理想，他正指望到大爷份上出的那一笔钱，拿六百送史湘云填亏空，余下四百租小房子办家私和史湘云同居，祠产事有好朋友帮忙解决，就住在天津，一面教育史湘云，一面等待解决。无办法，他带了新人回家种菜！

七爷把那个空信扭成一卷，拍打着手心，自言自语说：“大爷也真是大爷，陷人到这地方为难！没有钱，能做什么事？你放弃，早就得说个明白！把人送上滑油山，中途抽了梯子，好坏不管，不是作孽吗？”

茅大知道七爷的心事，就说：“七爷，杨半仙算卦真灵，他说有信就有信。他说有财，我猜想，家里钱一定不久会来的，你不用急！”

七爷说：“我自己倒不急，还有别人！”

茅大懂七爷说的“别人”指谁，心中好笑，把话牵引到源头上来：“七爷，你额角放光，一定要走运。”

“走运？楚霸王身困在乌江，英雄无用武之地，有什么运可走！大爷钱不来，我们只有去绑票，不然就得上吊！”

“今天不来明天也会来，七爷你急是白急。怎不到乐园去散散心？戏也不看？今天中国有程砚秋的戏，都说是好戏。”

“我自己这台戏唱不了，还有心看戏？”

“大爷信上说什么？”

“……”

七爷不作声，从贴身衬衫口袋里取出了小钱夹子，点数他的存款，数完了忽然显出乐观的样子，取出一张十元头票子给茅大，要茅大去中国戏院定个二级包厢，定妥了送到二美里去。又吩咐茅大：“老茅，老婊子探你口气问起这里打官司的事情，别乱说，不要因为老婊子给了你一点点好处，就忘形不检点！”

茅大做成十分认真严肃地说："七爷，放心！老茅不是浑蛋，吃七爷的饭，反帮外人，狗彘不如。"

"好，你去吧，办好了就回来。不用废话了。"

茅大去后，七爷走到洗脸架边去，对镜子照照自己，因为律师朋友说的话，还在心里痒痒的。倒真又想起回去，为的是亲自回家，才可以弄两千块钱来，救一个风尘知己。又想收了这个，家里那一个倒难打发，只好不管。于是取出保险剃刀来刮胡子，好像嘴边东西一刮去，一切困难也同时解除了。

茅大回来时才知道戏票买不着，凑巧史湘云那娘也在买戏票。茅大告给她，她就说，七爷不用请客，晚上过来吃晚饭吧，炖得有白鱼。茅大把话传给七爷。七爷听过后莞尔而笑，顾彼说此："好，我就到二美里去吃一顿白鱼。我一定去。"

当晚老婊子想留他在那里住下，七爷恐怕有电报来，所以不能住下，依然要回旅馆。事实上倒是三十块钱的开销，似乎与他目前经济情形不大相合，虽愿意住下也不能不打算一下。

史湘云因为七爷要回去，装作生气躺在床上不起身，两手蒙着脸，叫她娘："娘，娘，你让他走吧，一个人留得住身留不住心，委屈他到这里，何苦来？"

七爷装作不曾听到这句话，还是戴了他的帽子。那老婊子说："七爷，你真是……"躺在床上那一个于是又说："娘，娘，算了吧。"说完转身向床里面睡了。七爷心中过意不去，一面扣马褂衣扣一面走过床边去："你是聪明人，怎么不明白我。我事情办不了，心里不安。过十天半月，我们不就好了吗？"

娼妇装作悲戚不过声音说："人的事谁说得准，我只恨我自己！"

七爷心里软款款的，伏身在她耳边说："我明白你！你等着看！"

娼妇说："我不怨人，怨我的命。"于是呜咽起来了。

老婊子人老成精，看事明白，知道人各有苦衷，想走的未必愿走，说住的也未尝真希望留住，所以还是打边鼓帮七爷说了几句话，且假假真真骂了小娼妇几句，把七爷送出大门，让他回旅馆。

凑巧半夜里，当真就来了电报，×州家里来的，内容简单得很，除姓名外只两句话，"款已汇，望保重。"七爷看完电报，不免有一丝儿惭愧在心上生长，而且越长越大，觉得这次出门在外边的所作所为，真不大对得起家中那个人。但这也只是一会儿事情，因为钱既汇来了，自然还是花用，不能不用的。应考虑的是这钱如何分配，给律师拿去做运动费，还是给史湘云填亏空，让这个良心好命运坏的女孩子逃出火坑？理欲交战，想睡睡不成，后悔不该回旅馆。因为这样一通空空电报，使他倒麻烦起来，反不如在二美里住下，得到一觉好睡。不过七爷却不想，若没有这通电报，在二美里如何能够安心睡下。

直到快要天明才勉强眯着了，糊糊涂涂做梦。梦身在杭州西湖饭店参加一个人的文明结婚典礼，六个穿红衣服的胖子，站在天井中吹喇叭，其中一个竟极像律师，看来看去还是律师。自己又像是来客，又像是主人，独自站在礼堂正中。家里小毛兄弟二人却跨脚站在楼梯边看热闹，吃大喜饼，问他们"小毛，你娘在什么地方？"两兄弟都不作声，只顾吃那喜饼。花轿来了，大铜锣铛铛地响着，醒来才知道已十一点，墙上钟正铛铛响着。

中午见律师时，七爷忍不住咕喽咕喽笑，手指定律师说："吹喇叭的，吹喇叭的！"

律师心虚，以为七爷笑他是“吹牛皮的”，一张大脸儿烧得绯红，急嚷着说：“七爷，七爷，你怎么的！朋友是朋友……”

七爷依然顽皮固执地说：“你是个吹喇叭的！”

家中汇来一千四百块钱，分三次寄，七爷倒有主意，来钱的事虽瞒不了人，他却让人知道只来一千块钱，甚至于身边人茅大也以为只来一千。钱来后，律师对他更要好了一点儿，二美里那史湘云送了些水果来，不提要他过去，反而托茅大传话说，七爷事忙，好好地把正经事办完了再玩不迟。事实上倒是因为张家口贩皮货的老客人来了，摆台子玩牌忙个不休，七爷不上门反而方便些。不过老婊子从茅大方面得到了消息，知道律师老缠在七爷身边，加之以为卖皮货的客人是老江湖，不如七爷好侍候，两人比比还是七爷可靠。所以心中别有算计，借故来看七爷。

一见七爷就说：“七爷，你印堂发光，一定有喜庆事。”

七爷知道老婊子不是什么好人，说话有用意，但并不讨厌这种凑趣的奉承。并且以为不管人好坏，湘云是她养大的，将来事情全盘在她手上，说不得还要认亲戚！因此也很和气地来应接老婊子。老婊子问七爷是不是拿定了主意，他就支支吾吾，拉到旁的事上去。

老婊子好像面前并不是七爷，不过一个亲戚：“湘云那孩子痴，太忠厚了，我担心她会受人欺侮。”

七爷说：“一个人有一个人的命运，担心也是白操心。”

“所以一切就看起头，事先弄个明白，莫太轻易相信人。”

七爷笑着说：“她不会看人，你会帮她选人！”

老婊子也笑着：“可不是。她有了依靠不正是我有倚靠？我老了，世界见够了，求菩萨也只望她好，将来天可怜活着有碗饭吃，死后有人烧半斤纸。”

“老娘，你老什么？人老心不老。我看你才真不老！你打扮起来还很好看，有人发迷！”

“七爷，你真是在骂我。我什么事得罪了你？”

“我不骂你，我说的是真话。”七爷想起茅大，走到叫人电铃边去按了一下铃，预备叫茅大。这用人却正在隔壁小房间里窃听两人说话，知道七爷要开玩笑，人不露面。七爷见无人来就说：“一吃了饭就跑，吃冤枉饭的东西。”

老婊子短兵相接似的说：“七爷，我不喝茶，我要走。我同你说句真心话，七爷，你要办的事得趁早。‘莫道行人早，还有早行人’。心里老拿不稳，辜负人一片心！”

七爷说：“我不懂你这话是什么意思，也不想懂。我是来办事的，办好了事，心里宽舒了，我自然会……”

老婊子说：“七爷办事是正经……”

正说到这里，还想用苦肉计来吓吓七爷，保驾的律师却来了。同行是冤家。这两个人论透熟人情世故，正是半斤八两，可杀个平手。

律师一见老婊子在七爷房里就知道两人谈的是什么事。律师向七爷瞅瞅眼睛，笑眯眯地说：“我是吹喇叭的，快用得着我吹喇叭了吧！”说了又回头向老婊子笑着，“七爷前些日子做梦，梦里见我是吹鼓手，参加他的喜事！”

老婊子知道律师在帮忙，便装作懵懂说：“可不知谁有这种好运气，被七爷看上，得七爷抬举。”

律师说：“我知道七爷心事。有一个人想念他睡不着觉，他不忍辜负人，正想办法。”

老婊子又装糊涂，问这人是谁。律师看看七爷，不即说下去，七爷就抢口说：“哎哎，先生，够了，你们做律师的，就好像天生派定是胡说八道的！”

老婊子故意装懵懂，懵懂中有了觉悟，拍手呵呵笑说：“做律师的当真是作孽，因为证婚要他，离婚也要他。”

七爷虽明白两人都是在做戏，但却相信所提到的另外一个人，把这件事看得极认真。

老婊子虚情假意和律师谈了几件当地新闻，心想再不走开，律师会故意说已约好什么人，邀七爷出门，所以就借故说还得上公司买布，回家去了。人走去后，律师拍着前额向七爷笑嘻嘻地说：“老家伙一定是为一个人来做红娘，传书递简，如不是这件事，我输这颗脑袋。”

七爷笑着，不作声，到后又忽然说：“你割下这个‘三斤半’吧。可是我们正经事总还得办，莫急忙输你这颗脑袋也好。”

律师装作相信不过神气：“我输不了脑袋，要吃喜酒！七爷，你不要瞒我，许多事你都还瞒着我！湘云一定做得有诗送你，你不肯把我看，以为我是粗人俗人，不懂风雅。”

“得了吧，我瞒你什么？家中寄了一千块钱来，我正不知道用在哪一方面去。”

“七爷，你让我做张子房吗？”

“什么张子房李子房！说真话，帮我做参谋，想想看。”

事情倒当真值得律师想想，因为钱在七爷手上，要从七爷手上取出来，也不是很容易的事。并且只有一千块钱，是应当让妇人捉着他好，还是让地产希望迷住他好？律师拿不定主意。想了一阵无结果，因此转问七爷，意思如何，且自以为不配做张子房，不能扶助刘邦。

七爷也想了一下，想起二爷的教训，意思倒拿定了，告给律师，说是先办正经事，别的且放下莫提。这种表示律师求之不得。不过又不愿意老婊子疑心他从中捣鬼，所以倒拘拘泥泥，模棱两可，反着实为史湘云说了些好话，把她比作一个才女、一个尤物、一个花魁。说到末了是从七爷手中拿去了两百元，请七爷到三十一号路去吃馆子，说是住天津十多年，最新才发现这个合乎理想的经济小馆子。所谓经济的意义，就是末了不必付小费。七爷欢喜这种办法，以为简便得多，事实上也经济得多。却没有计算到菜价中早已加了两成小费，一成归饭馆，一成归介绍人。

茅大得过律师的好处，把一张《风月画报》递到七爷眼睛边："七爷，你瞧这个不知是谁把湘云相片上了报，说她是诗人，还说了许多趣话！"

七爷就断定是律师做的，但看那文章，说和湘云相好的，是个"翩翩浊世之佳公子"，又说是个"大实业家，大理想家"，心里也很受用。一见律师就笑着说："少作点儿孽，你那文章我领教了！"

律师对这件事装作莫名其妙："怎么怎么，七爷，我作了什么孽？犯法也得有个罪名。"

七爷把那画报抛到律师头上去："这不是你还有谁？"

律师忍不住笑了："我是君子成人之美，七爷莫多心。我还想把湘云和你我三人，比作风尘三侠！湘云和七爷还有边，就只我这虬髯客不大好做。"他摸摸自己光板板的肥下巴，"首先还得到劝业场去找一个髯口挂上，才有边。"

用钱问题一时还是不能解决。七爷虽说很想做件侠义事，但是事实倒也不能不考虑考虑。就因为地产交涉解决迟早不一定，钱的来源却有个限度。杭州方面无多希望了，家里既筹了一千四百，一时也不会再有款来。若一手给老婊子八百，再加上上上下下的开销，恐得过千，此后难以为继。

茅大虽得到老婊子允许的好处，事成了酬半成，拿四十喝酒，但看看七爷情形，知道这一来此后不是事，所以也不敢再加油。律师表面上虽撺掇其成，但也担心到当真事成了，此后不好办，所以常常来报告消息，总以为调查员已出发，文件有人见过了，过不久就会从某参事方面得到办法。

忠厚的三爷接到七爷的告急信，虽不相信七爷信上办交涉前途乐观的话，却清楚七爷办事要钱，无钱办不了事，钱少了事办得也不容易顺手，因此又汇了六百来。这笔款项来得近于意外，救了七爷也害了七爷。钱到手后，七爷再不能踌躇了，于是下了决心，亲手点交八百块钱给老婊子，老婊子写了红字，画了押，律师还在证人名下也画了一个押。另外还花了两百块钱，买了一套卧房用具，在法租界三十二号路租了个二楼，放下用具，就把史湘云接过来同住了。

事办成后，大家各有所得，自然都十分快乐。尤其是七爷，竟像完成了一种高尚理想，实现佳话所必须的一节穿插。

初初几天生活过得很兴奋，很感动。

这件事当然不给家中知道，也不让杭州方面知道。

一个月后家中来信告七爷，县里新换了县长，知道七爷是“专家”，想请七爷做农会会长，若七爷愿意负责，会里可设法增加经费，城乡还可划出三个区域来供七爷做“实验区”，以便改良农产。七爷回信表示农会当然愿意负责，因为一面是为桑梓服务，一面且与素志相合。不过单靠县里那点儿经费，恐办不了什么事。一年经费买两只荷兰种猪也不够，哪能说到改良？他意思现在既在这里办地产交涉，一面就想在北方研究天津著名的白梨、丰台的苹果、北平的玫瑰香葡萄等等果品和浆果的种植法，且参观北方各农场，等待地产交涉办好了，再回家就职，还愿意捐款五千元，做本地农会改进各种农产物的经费，要七太太把这点儿意见先告给县里人知道。

七爷当真就在天津一面办事一面打量将来回本县服务的种种。租界上修马路草地用的剪草机，他以为极有用处，大小式样有多少种，每具值得多少钱，都被他探听出来了。他把这类事情全记载到一个小手册上去，那手册上此外又还记得有关水利的打井法、开渠法，制造简单引水灌溉风车的图说。又有从报纸常识栏里抄下的种除虫菊法和除虫药水配合方式。另外还有一个苏俄集体农场的生产分配表格，七爷认为这是新政策，说不定中国有一天也要用它。至于其中收藏白梨苹果的方法，还是从顶有实际经验顶可靠的水果行商人处请人教得来的。这本手册的宝重，也就可想而知了。

史湘云说是想读书，接过来同居后，七爷特意买一部《随园诗话》，还买了些别的书，放在梳妆台上给她看。并且买了一本《灵飞经》和一套文房四宝，让她写字。女人初来时闲着无事可做，也勉强翻翻书，问问七爷生字，且拿笔写了几天字帖。到后来似乎七爷对于诗词并无多大兴趣，所以就不怎么认真弄下去。倒是常常陪七爷上天祥市场听落子，七爷不明白处，她能指点。

先是有时七爷有应酬，她就在家里等着，回来很晚还见她在沙发上等，不敢先睡。七爷以为自己办事有应酬，不能陪她，闷出毛病来不是事，要她自己去看戏。得到这种许可后，她就打扮得香喷喷的，一个人出去看戏，照例回来得很迟。七爷自然不疑心到别的事上去。茅大懂的事多一点儿，但他也有他的问题，不大肯在这件事情上说话。因为老婊子悄悄地给了他一份礼物，欲拒绝无从拒绝，他每天得上医院。自己的事已够麻烦了。

两个月以后，七爷对于这个多情的风尘知己认识得多一点儿，明白“风尘三侠”还只是那么一回事，好像有点儿厌倦，也不怎么希望她做女诗人了。可是天津事情一时办不完，想回去不能回去。那个律师倒始终能得七爷的信托，不特帮他努力办地产交涉，并且还带他往××学校农场和一个私人养狐场去参观。当七爷发现了身上有点儿不大妥当，需要上医生处去看看时，律师又为介绍一个可靠的私人开业医生。直到这律师为别一案件被捕以前，七爷总还以为地产事极有希望，一解决就可向银行办理押款，到安利洋行去买剪草机、播种机和新式耕田农具回本地服务。

七爷就是七爷，有他的性格。在他生活上，苦恼、失望、悲观这类字眼，常常用得着，起一点儿作用。但另外更多日子，过得却满高兴自足。城里土财主大都是守财奴，理想都寄托在佃户身上，有了钱不会花，只好让土匪军阀趁机压榨。七爷从这些财主眼中看来，是个败家子；在茅大眼中，一个不折不扣的“报应现世宝”。七爷自己呢，还以为自己是个“专家”，并且极懂人情世故，有头脑，阅历多，从来没有上过什么当。

一九三七年重写于北京

○ ○ ○ 大小阮

学校打更人刘老四，在校后小更棚里喝完了四两烧酒，凭他的老经验，知道已十二点，就拿了木梆子沿校墙托托托敲去。一面走一面想起给他酒喝的几个小哥儿的事情，十分好笑。十年前每晚上有一个年轻小哥儿从裱面铺小寡妇热被里逃出，跑回学校来，爬过学校围墙时，这好人还高高地提起那个灯笼照着，免得爬墙那一个跌落到墙内泥沟里去。他原欢喜喝一杯酒，这种同情和善意就可得到不少酒喝。世界成天变，袁世凯、张勋、吴佩孚、张作霖，轮流占据北京城，想坐金銮宝殿总坐不稳。学校呢，人事上也大不相同，除了老校长，其余都变而又变。那爬墙头小哥儿且居然从外国回来做训育主任了。世界虽然老在变，有一件事可不曾变，就是少数学生爬墙的行为还好好保存下来。不过这件事到用着巡夜的帮助时，从前用的是灯笼，如今用的是手电灯罢了。他心想，一个人有一个人的衣禄，说不准簿籍上自己名分下还有五十坛烧酒待注销，喝够了才会倒下完事。

打更的走到围墙边时，正以为今晚上未必有人爬墙，抬头一瞧，墙头上可恰好正骑了两个黑影子。他故意大声地询问："什么人？"

黑影之一说："老刘，是我。你真是！"从声音上他听得出是张小胖。

"张少爷，你真吓了我一跳。我以为是两个贼，原来是——"

其中之另一个又说："你以为是贼，这学校会有贼？给你两瓶酒压惊，你可不用吓了。把你那电筒照照我。不许告给谁。我们回来取点儿东西，等会儿还得出去，你在这儿等着我们！"声音也怪熟，是小阮。两个年轻小哥儿跳下了墙，便直向宿舍奔去。

打更的望着这两个年轻小哥儿黑影子只是笑，当真蹲在那儿等候他们。

他算定这等候对他有好处。他无从拒绝这种好处。

小阮与张小胖分手后，小阮走进第八宿舍，宿舍中还有个同学点上洋烛看小说。便走到一个正睡着做梦、梦中吃鸽子蛋的学生床边，咬耳朵叫醒了那学生。两人原来是叔侄，睡觉的一个是小叔叔，大家叫他大阮。

"七叔，帮我个忙，把你那一百块钱借给我。我得高飞远走——我出了事情，三十六计，走为上计，不走不成！"

"为什么？你又在学校里胡闹了？"

"不是在学校里打架。我闯了祸，你明天会知道的。赶快把一百块钱借给我吧，我有用处！"

"不成，我钱有别的用处。我得还大衣账，还矮脚虎二十元，用处多咧。"

"你好歹借我八十，过不久会还你，家里下月款来算你的。我急要钱，有钱才好走路！有八十我过广东，考黄埔军官学校去。不然也得过上海，再看机会。我不走不成！"

"你拿三十够了吧？我'义兴和'欠款不还，消费社总得结结账！"

"那就借六十给我。我不能留在学校，即刻就得走路！"

大阮被逼不过，一面又十分需要睡眠，勉勉强强从床里边摸出了那个钱皮夹，数了十张五元头的钞票给小阮。小阮得过钱后，从洋服裤袋里掏出了一件小小黑色东西，塞到大阮枕头下去，轻轻地说：“七叔，这个是十五号房张小胖的，你明天给我还他吧。我走了。你箱子里我存的那个小文件，一早赶快烧了它，给人搜出可不是玩的。”因为那个看小说的同学已见着了他，小阮又走到那小说迷床边去说，“兄弟，对不起，惊吵你。再见！”

近视眼忙说：“再见，再见。”

小阮走出宿舍后，大阮觉得枕下硬硬的梗住头颈，摸出来一看，才明白原来是支小手枪。猜出小阮一定在一点钟前就用这手枪闯祸，说不定已打死了人，明早晨学校就要搜查宿舍。并且小阮寄存那个文件，先告他只是一些私信，临走时却要他赶紧烧掉，自然也是一种危险。但把两件事多想想，就使大阮安心了。枪是张小胖所有物，学校中大家都知道张小胖是当地督办的儿子，出乱子绝不会成问题。文件一烧了事，烧不及也不会牵涉自己头上来。当真使大阮睡不着觉的还是被小阮借去了那五十块钱。小阮平时就很会玩花样，要钱用时向家里催款，想得出许多方法。这次用钱未必不是故作张皇把钱骗去做别的用途。尤其糟的是手边钱小阮取了五十，日前做好的预算完全被打破了。

至于小阮呢，出了宿舍越过操场到院墙边时，见打更的还在那墙边候着，摸出一张钞票，塞在打更的手心里：“老刘，拿这个喝酒吧。不许说我回来过，说了张少爷会一枪铳了你。”

“张少爷不出去吗？”

“不出去了，喝你的酒去吧。”

“您不回来吗？”

“我怎么不回来？我过几年会回来的！”

小阮爬墙出去后，打更的用手电灯光看看手中的钞票，才知道原来是五块钱，真是一个大利市。他明白他得对这事好好保守沉默。因为这个数目差不多是三十斤烧酒的价钱。把钞票收藏到裤腰小口袋里去，自言自语地说：“一个人当真有一个人的衣禄，勉强不来。”

他觉得好笑。此后当真闭口不谈这件事情。

早上六点钟，一阵铃声把所有学生从迷糊睡梦里揪回现实人间。

事务员跟着摇铃的校役后面，到每个宿舍前边都停一停，告给学生早上八点周会，到时老校长有话说，全体学生都得上风雨操场去听训。老校长训话不是常有的事，于是各宿舍骤然显得忙乱起来，都猜想学校发生了事情，可不知发生什么事情。大阮一骨碌爬起来，就拿了小阮昨夜给他那个东西走到宿舍十五号去，见张小胖还躺在床上被窝里。送给他那东西时，张小胖问也不问，好像早知道是小阮交还的，很随意地把它塞到枕头下，翻过身去又睡着了。大阮赶忙又回去烧那文件。事做完，拿了毛巾脸盆到盥洗室洗脸，见同学都谈着开会事情。一个和张小胖同房和大阮同组的瘦个儿二年级学生，把大阮拉到廊下去，咬耳朵告大阮，昨晚上张小胖出外边去，不知为什么事，闹了大乱子，手臂全被打青了，半夜里才回转宿舍。听说要到南方去，不想读书了。

大阮才明白还枪给张小胖时，张小胖不追问的理由。大阮心中着急，跑到门房去，找早报看，想从报上得到一点儿消息，时间太早，报还不来。七点半早报来了，在社会新闻版上还是不能发现什么有关的消息。一个七十岁的老头子穷病自杀了；一个童养媳被婆婆用沸水烫死了；一个人醉倒了，大骂奸臣误国——这类成天有的消息显然不是小阮应当负责的。

周会举行时，老校长演说却是学生应当敬爱师长一类平平常常的话。周会中没有张小胖，也不见小阮。散会后训育主任找大阮到办公楼去，先问大阮，知不知道小阮出了事。大阮说不知道。训育主任才告给大阮，小阮为一个女人脱离了他们一个什么秘密组织，开枪打伤了市立中学一个历史教员。那教员因别有苦衷，不敢声张，却被邻居告到区里，有办案的人到那人家问话，盘诘被伤理由，说不定要来学校找人。若小阮已走了，看看他宿舍里有什么应当烧的，赶快烧掉。原是这主任就是个××，当时的××原是半公开的，在告大阮以前，先就把自己应烧的东西处理过了。至于那位绰号张小胖的大少爷呢，躺在床上养伤，谁也不会动他，因为区里办事的吃的正是他爸爸的饭，训育主任早就知道的。

大阮回转宿舍，给他那住合肥城里的堂兄（小阮的父亲）写信——

大哥，你小三哥昨天在这里闹了乱子，差点儿出了人命案，从学校逃走了。临走时要钱用，逼我借钱。我为他代向同学借了五十元（这是别人急着付医院的款项，绝不能延误不还），连同我先前一时借他的共约百元。我那个不算数，转借别人的务请早为寄来，以清弟之手续。同学中注重信用，若不偿还，弟实对不起人也。

小三哥此次远扬，据他说有一百元就可以往广东，钱不多到上海时住下看机会。他往广东意思在投考军官学校，据说此校将来大有出息，不亚于保定军官团。弟思我家胡鲁四爷，现在北京陆军大学读书，是家中已有一军事人才，不必多求。且广东与北京政府对立，将来不免一场大战，叔侄对垒，不问谁胜谁败，吾宗都有损失，大不合算。故借款数目，只能供给其到沪费用，想吾兄亦必以弟此举为然也。学校对彼事极包涵，唯彼万不宜冒险回校。弟意若尽彼往日本读书，将来前途必大有希望。彼事事富于革命精神，如孙中山先生。孙先生往昔亦曾亡命日本，历史教员在班上曾详言其事。唯小三哥性太猛，气太盛，不无可虑，要之是吾宗一人才也。

大阮把信写成后看看，觉得写得不错。又在“款系别人所有”旁加了几个小圈，就加封寄发了。他的主要目的是把那五十块钱索还，结果自然并不失望。

大阮、小阮两人在辈分上是叔侄，在年龄上像弟兄，在生活上是朋友，在思想上又似乎是仇敌。但若仅仅就性情言来呢，倒是差不多，都相当聪明，会用钱。对家中长辈差不多一致反对，对附于旧家庭的制度的责任和义务差不多一致逃避，对新事物差不多同样一致倾心，对善卖弄的年轻女人差不多一致容易上当。在学校里读书呢，异途同归，由于某种性情的相同，差不多都给人得到一个荒唐胡闹的印象，所不同处只是荒唐胡闹各有方式罢了。

两人民国十二年夏季考入这个私立高级中学。

有机会入这中学读书的，多半是官家子弟和比较有钱的商人、地主子侄，因此这学校除了正当体育团体、演说团体、文学艺术团体以外，还有两个极可笑的组织，一个叫“君子会”，一个叫“棒棒团”。“君子会”注重的是穿衣戴帽，养成小绅士资格。虽学校规矩限制学生在校出外都得穿着制服，在凡事一律情形上，这些纨绔子弟大有英雄无用武地之叹，然而在鞋袜方面（甚至于袜带）依然还可别出心裁。此外手表、自来水笔，平时洗脸用的胰子、毛巾、信封信笺，无一不别致讲究。其中居多是白面书生，文雅、懦弱、聪明、虚浮，功课不十分好，但杂书却读得很多；学问不求深入，然而常识倒异常丰富。至于“棒棒团”，军人子弟居多，顾名思义，即可知其平常行径。寻衅打架是他们主要工作。这些学生不特在本校打架，且常常出校代表本校打架。这两个组织里的学生增加了学校不少麻烦，但同时也增加了学校一点儿名誉。因为它的存在，代表一种社会、一种阶级，就是我们平时使用它时意义暧昧，又厌恶又不能不尊重的所谓上等社会、统治阶级。学校主持者得人，加之学校走运，不知如何一来又意外得了一个下野军阀一笔捐款，数目将近五十万块钱，当局用这笔钱来补充了几座堂堂皇皇的建筑物，添购了些图书仪器，学校办下去，自然就越来越像个学校。因此在社会上的地位，比旁的学校都好。纳费多，每年来应考的学生，常常超过固定额数十来倍。

大小阮原是旧家子弟，喜事好弄是旧家子弟共同的特性。既考入了这个中学校，入学不久，两人就分别参加了两个组织。叔侄二人所参加的组织说明两人过去的环境，当前的兴味，以及未来的命运。

五四运动来了，疯狂了全国年轻人。年轻人的幻想，脱离一切名分或事实上制度习惯的幻想，被杂志书报加以扩大。要求自由解放成为大小都会里年轻人的唯一口号和目的。××中学位置在长江中部一个省份里，教书的照例是北京师大、北大出身的优秀分子，老校长又是个民国初元的老民党，所以学校里的空气自然是很良好的。各事都进步改良了，只差一招，老校长始终坚持不肯让步，且由于他与学校的关系、人望以及性情上那点儿固执，不许男女同学。以为学校是为男子办的，女子要读书，另有女学校可进。这种主张同时得到有势力的当局支持，所以学生想反对无从反对。五四运动过了几年，风气也略转了一点儿，这学校因为不开放女禁，且更为多数人拥护了。关于这一点看来似乎无多大关系的事情，无形中倒造就了一些年轻人此后的命运。因为年轻人在身心刚发育到对女人特别感觉行动惊奇和肉体诱惑时，在学校无机会实证这种需要，不至于像某些学校学生每天只在男女问题上纠缠。新报刊影响到他们比男女问题大，因此后来神经质的青年群中，就很出了几个作家；多血质的青年群中，就很出了几个革命者。这种作家和革命者尚未露头角时，大多数是在学校那两个特别组织里活动的。

小阮自从离开他的学校，当真就跑到上海，恰如当时许多青年一样，改了一个名字，住在一个小弄堂的亭子间里，一再写挂号信给乡下收租过日子的老父亲，催款接济。且以为自己做的是人类最神圣最光荣事业的起始。钱不能按照数目寄来，父亲不认识他的伟大，便在信上说出一些老人看来认为荒唐糊涂的话语。父亲断定儿子是个“过激派”，所指望的款当然不会寄来了。然而此外亲戚和朋友，多少尚有点儿办法。亲戚方面走了绝路，朋友却在一种共同机会上，得到共同维持的利益。换句话说就是有“同志”互助。物质上虽十分艰窘，精神上倒很壮旺。没有钱，就用空气和幻想支持生活，且好像居然可以如此继续支持下去。到后来自然又承受机会所给他的那一份，或成龙，或成蛇，或左，或右，或关人牢狱，或回家为祖宗结婚养儿子，在乡下做小绅士。

世界恰如老更夫说的在“变”，小阮不知如何一来，得到一个朋友的帮助，居然到了日本，且考进一个专门学校念书了。学的是许多人要学的——政治。家中一方面虽断绝了联系，照规矩在国内外大学读书时，都可以得到本族公款的补助。小阮用文件证实了他的地位，取得那种权利一年。可是本人在日本不到半年，北伐军已克复了武汉。这消息对他不是个坏消息。既然工作过来的人，回国当然有出路，他回了国。搭江轮上行到汉口，找那母校训育主任。因为训育主任那时已是地方重要负责人。出路不久就得到了——汉口市特别党部科长。在职务上他当然做得有声有色，开会发言时态度加倍地热诚，使同志感觉到他富于战斗性。他嘲笑保守，轻视妥协，用往日在学校在上海两地方生活的方式，从一个新环境里发展下去。计划打倒这个，清除那个。一面还写信给那个考入北京大学一年级学生的大阮，表示他在新事业上的成功和自信。写信给家乡族中公积金保管人，主张保管人应当有年轻人参加，改善补助金的办法。写信给家中父亲，要他寄钱，简简单单，要他赶快寄钱。清党事变发生时，他差一点点给同伴送掉性命。很幸运地逃出了那个人血搅成的政治旋涡，下行到九江，随同一部分实力派过南昌，参加南昌的暴动。失败后又过广州，做了些无可稽考的工作。不久广州事变，他又露了面。广州大暴动与第×方面军不合作又失败了，他的老总（也就是那个训育主任），坐了机器脚踏车去开会，在机关门前被人用机关枪打掉了。到会三百五十个干部，除少数因事不克参加的侥幸逃脱外，将近三百二十个青年，全被拘留在一个戏院里，听候发落。当时市区正发生剧烈混战，一时难决定胜负。各处有巷战，各处有房子被焚烧。对于年轻人的屠杀，更在一种疯狂和报复行为中大规模举行。拘押在戏院里的小阮胸有成竹，打算又打算；老总已倒下完了，这混战继续下去，即或一两天革命方面会转败为胜，可望夺回市中心区，在转移之间，被扣住的一群，还是不免同归于尽。与其坐以待毙，倒还是找机会冒险跑路，这么办总还可望死里逃生。

其时戏院门前已用铁丝网围上，并且各处都安放着机关枪，但近于奇迹似的，小阮和另外两个同伴，居然在晚上从窗口翻到另外一个人家屋瓦上，从一个屋上打盹儿的哨兵身后脱出了那个戏院，逃到附近一个熟人家里。第二天一早，那三百个同伴，被十二辆大汽车押送到珠江河堤边去，编成三队，用机关枪扫射了。四十一天后某个晚上九点钟左右，北京大学东斋大阮的宿舍里，却来了一个不速之客，客人就是小阮。

其时大阮一面在北大外国文学系读书，一面已做了一家晚报评戏讲风月的额外编辑，因他的地位，在当地若干浮华年轻学生、逛客和戏院、娼妓心目中，已成为一个小名人。所住的宿舍里墙壁上和桌子上全是名伶、名花、明星相片，另外还挂了某名伶一副对联。同房住的是个山东籍历史系的三年级学生，这学生平时除读书外毫无他务，一自本学期和大阮同住后，竟变成一个不折不扣的“戏迷”了。

大阮见小阮忽然出现在他面前，出乎意外，大大吃了一惊。他还以为小阮不是在南方过日子，就是在南方死掉了。

“呀，小三哥，原来是你！你居然还好好地活在这个人间！”

小阮望着衣履整洁的大阮，只是笑。时间隔开了两个人，不知如何，心里总有点儿轻视这位小叔。以为祖宗虽给了他一份产业，可是并不曾给他一个好好的脑子。所有小聪明除了适于浪费祖宗留下来那点儿遗产别无用处。成天收拾得标标致致的，同妇人一样，全身还永远带着一点儿香气。这一切努力，却为的是供某种自作多情的浮华淫荡女人取乐，媚悦这种女人！生存另一目的就是吃喝，活下来是醉生梦死，世界上这种人有一个不多，无一个也不少。

大阮只注意小阮脸上的气色，接着又说："你不是从广东来的吗？你们那里好热闹呀！"

小阮依然笑着，轻轻地说："真是像你说的好热闹！"

小阮见那山东大个子把头发梳得油光光的，正在洗脸，脸洗过后，还小心地把一种香料涂抹到满是酒刺的宽脸上去，心里觉得异常嫌恶。就向大阮示意，看有什么方便地方可以同他单独谈谈。大阮明白这意思，问那同房："密斯特侯，你听戏去？"

那不愿自弃的大个子学生，一面整理头发，一面装模作态微带鼻音说："玉霜这次戏可不能不听听。"说了才回过头来，好像初初见到房中来客，"这位客人请教是……"

大阮正想介绍小阮给同房，小阮却抢口答话："敝姓刘，草字深甫，做小生意。"说后便不再理会那自作多情的大学生，掉头向壁间看书架上书籍去了。大阮知道小阮的脾气，明白他不乐意和生人谈话。怕同房难为情，所以转而向同住学生闲聊，讨论一些戏文上的空泛问题。那一位倒还知趣，把头脸收拾停当，用小喉咙哼着《荒山泪》，出门去了。刚走过后，小阮就说："这家伙真是个怪物。"

大阮说："小三爷，你脾气真还是老样子，一点儿不改。

人家爱漂亮，难道也是罪过？你什么时候姓刘了？做什么生意？来，坐下来，我们谈谈你的经验！说老实话，一听到‘清’，我以为你早蹩到武汉被人缚好抛到大江里喂鱼吃了。后来从大姑信上知道你已过广东，恰好广东又来一个地覆天翻，你纵有飞天本领，也难逃那个劫数。可是你倒神通广大，居然跑到北京来了。我羡慕你几年来的硬干精神。”

小阮一面燃起一支纸烟狂吸，一面对大阮望着，似真似讽地说：“七叔，你这几年可活得很有意思。你越发漂亮了，简直像个明星。你样子正在走运。”

大阮只明白话中意思一半，又好像有意只听取那话中一半，混和了谦虚与诚实说：“我们可说是混日子，凡事离不了一个混字。进这学校就重在可以混毕业，在新闻界服务为的是混生活，在戏子里混，在酒肉里混，在女人中混。走的是什么运，还得问王半仙排八字算算命。可是我是个受科学洗礼的人，不相信瞎子知道我的事情。”他见小阮衣着显得有点儿狼狈，就问小阮到了北京多久，住在什么地方，并问他吃没吃过晚饭。且从别一件事说起，转入家境大不如前一类情形上去。用意虽不在堵塞这位贤侄向他借钱的口，下意识却暗示到小阮，要开口，也应有限度。但他的估计可错了。

小阮说：“我想在北京住下来，不知这地方怎么样。”

“前一阵可不成，公寓查得紧，住公寓大不方便。现在无事了。你想住东城西城？”

“你有什么熟地方可以搬去住我就去住。不用见熟人。说不定不久还得走路，我想到东北去！”

大阮想了一会儿，以为晚上看房子不方便，且待明天再说。

问明白小阮住在前门外客店里，就同小阮回到客店，两人谈了一整夜的话，互相知道了几年来两人生活上的种种变化。大阮知道这位侄大人身边还富裕，就放心了许多。至于小阮的出生入死，种种经过，他却并不如何引起兴趣。他说他不懂什么叫“革命”，因为他的心近来已全部用在“艺术”方面去了。他已成为北平一个艺术批评家、鉴赏家，将来若出洋就预备往英国去学艺术批评。他熟识了许多有希望的艺员，除了鼓励他们，纠正他们，常常得写文章外，此外还给上海杂志写点儿小品文，且预备办个刊物。说到这些话时，神气间的成功与自信，恰恰如小阮前一时写信给大阮情景一样。从这种谈话中，把两人的思想隔阂反而除去了。小阮因此显得活泼一点儿，话多了一点儿。到后来甚至于男女事情也谈过了。由客气转而为抬杠，似乎把往年同在学校读书时的友谊也完全恢复了。

第二天，两人在北大附近中老胡同一个私人寄宿舍里，用大阮名义看好了一间北房，又大又清静。把行李取来，添置了一些应用东西，小阮就住下了。在那新住处两叔侄又畅畅快快谈了一个整天。到分手时，大阮对小阮的印象，是神秘。且认为其所以做成这种神秘，还依然是荒唐。今昔不同处，不过是行为理想的方式不同而已。既有了这种印象，使他对小阮的前途，就不能不抱了几分悲观，以为小阮成龙成蛇不可知，总而言之是一位危险人物。但两人既生活在一个地方，小阮囊中似乎还充裕，与大阮共同吃喝看戏，用钱总不大在意，大阮因之对小阮荒唐，渐渐地也能原谅而且习惯了。

两人同在一处每天语言奋斗的结果，似乎稍稍引起了大阮一点儿政治趣味，不是向左也不是向右，只是向他自己。

住了大约一个月，小阮忽然说要走了，想到唐山去。大阮看情形就知道小阮去唐山的意思。半玩笑半认真说出他的意见：“小三哥，你不要去好。那地方不是个地方，与你不相宜。”

小阮说：“你以为我住在这里，每天和你看戏说白话，就相宜吗？”

“我不以为什么是相宜。你想到唐山去玩，那里除了钻进煤洞里短期活埋无可玩。你想做点儿什么事，那里没有什么事可做。”

“你怎么知道没有什么可做的？一个要做事的人，关在黑牢里也还有事做！如果你到那儿去，一定无事可做。你最相宜的地方就是你现在的地方，因为有一切你所熟悉的。花五十元买一瓶香水送给小玫瑰，又给另外一个女戏子写文章捧场，收回稿费十块钱。离开了这个大城，你当然无事可做了。”

“可是如今是什么世界，我问你！君子不立于危墙之下，你到唐山去，不是跳火坑吗？”

“先生，要世界好一点儿，就得有人跳火坑！”

“世界如果照你所说的已经坏透了，一切高尚动机或理想都不再存在，一切人都是狗矢，是虫豸，人心在腐烂，你跳下火坑也依然不会好！你想想，这几年你跳了多少次火坑，是不是把世界变好一点儿？另外有多少人腐烂在泥土里，对于这个世界又有多少好处！”

“对多数当然有好处。至于对你个人，不特好像无好处，并且实在无意义。可是革命成功后，你就会知道对你是什么意义了。第一件事是没收你名下那三千亩土地，不让你再拿佃户的血汗来在都市上胡花；第二件事是要你们这种人去抬轿子、抹地板、改造你，到那时节看看你还相宜不相宜。这一天就要来的，一定会来的！”

“一定会来，那还用得着你去干吗？”

“七叔，你简直不可救药。你等着吧。”

“小三哥，不是说笑话，不可救药的我，看你还是去唐山不得。那地方不大稳当。有些抓印把子的人，是对你们所谓高尚理想完全不能了解，对你们这种人不大客气，碰到了他们手上就难幸免。你去那里，我断定你会糟。在这地方出事，我还多少有点儿办法，因为是大地方。到唐山可不成。你纵有三头六臂，依然毫无用处。”

话谈得同另一时两人谈话情形差不多，僵无可僵，自然不能不结束了。

小阮说：“好，七叔，谢谢你的忠告，我们不用谈这个。”

小阮似乎自己已变更了态度，特意邀大阮去市场喝杯酒。大阮担心是计策，以为小阮知道他家中新近寄来了五百块钱，喝了酒还是跟他借钱，便推说已有约会不能去。小阮只好一人去。到了晚上，大阮正在华乐戏院包厢里听戏，小阮找来了，送给大阮一个信件，要大阮看，原来是成都汇给小阮的两千块钱通知。

小阮说：“我还是即刻要走路。这款项不便放在身上，你取出来，留在手边，到我要用时再写信告你。我若死了，三年两载无消息，这钱望你寄把上海……”说完这话，不待大阮开口，拍拍大阮肩膀，就走了。

大阮以为小阮真中了毒，想做英雄伟人的毒。

半月后，平、津报纸载出消息，唐山矿工四千人要求增加工资大罢工。接着是六个主持人被捕，且随即被枪决了。罢工事自然就完全失败，告一结束。在枪决六个人中，大阮以为小阮必在场无疑。正想写信把小阮事告知那堂兄，却接堂兄来信，说有人在广州亲眼见小阮业已在事变中牺牲。是从戏院中捉去的。既有了这种消息，大阮落得省事，就不再把小阮逃过北京等情形告给老堂兄。

对于小阮的失败，大阮的感想是“早已料定”。小阮有热情而无常识，富于热情，所以凡事有勇气去做，但缺少常识，做的事当然冒险，终归失败。事不过三，在武汉侥幸逃脱，在广州又侥幸逃脱，到了第三次，可就终难免命运注定那一幕悲剧。虽然也觉得很悲伤，但事前似乎很对他尽了忠告，无如不肯接受这种忠告，所以只有付之一叹。费踌躇的倒是小阮名分下这一笔钱，到底是留在手边好，还是寄过上海好？末了另有打算，决定不寄。

过了一年，小阮尚无消息。在所有亲友中都以为小阮早死了。大阮依然保留那笔钱在手边。因为这笔钱在大阮手里，倒另外完成了一件大事，出版了一个小刊物。

大阮的性情、习惯，以至于趣味，到决定要成家时，似乎不可免会从女伶和娼妓中挑选一个对手。但他并不完全是个傻子，他明白还有更重要的东西，想起了此后的家业。几年荒唐稍稍增加了他一点儿世故。他已慢慢地有种觉醒，不肯做“报应”了。更有影响的或者还是他已在学校里被称为“作家”，新的环境有迫他放弃用《疑雨集》体写艳情诗，转而来用新名词写新诗的趋势。恰好这一年学校有意多收了三十个女学生，大阮写诗的灵感，自然而然多起来。结果他成了“诗人”，并且成了学校中一个最会装饰的女学生的情人。到女的一方面知道大阮是合肥大地主的独生子，大阮也问明白了女的父亲是南京新政府一个三等要人，政治经济原是一道，订婚事很容易就决定了。

订过婚，大阮生活全变了。虽不做官，已有了些官样子。虽不是国民党员，但对党同情可越来越多了。

大阮毕了业，凭地主、作家、小要人的乘龙佳婿三种资格，受欢迎回到母校去做训育主任。到学校见一切都好像变了样子，老校长仿佛更老了一点儿，讲堂家具仿佛更旧了一点儿，教书的同事大多数是昔时的老同学。大家谈起几年来的人事变迁，都不免感慨系之。训育主任早死了，张小胖到法国做领事去了，一个音乐教员做和尚去了，这个那个都不同了，世界还在变！

大阮心想，一定还有什么不变的东西。恰恰如早已死去那个前训育主任，他记起了那打更的刘老四。到校舍背后那排小房子去找寻这个人，原来当真还是老办法，正在墙边砌砖头，预备焖狗肉下酒！老更夫见大阮时，竟毫不表示惊讶，只淡淡漠漠似的说："大先生，你也回来了吗？你教书还是做主任？"

大阮说："老刘，这里什么都变了，只有你还不变。"

打更的却笑着说："先生，都得变，都得变。世界不同，狗肉也不容易烂了。不是它不肯烂，是我牙齿坏了。"

大阮觉得打更的倒有点儿近于许多旧读书人找寻的"道"，新读书人常说的"哲学味"。

民国二十×年十一月二十七，在天津第二监狱里有个运动军队反水判了八年徒刑的罪犯，编号四十八，因为要求改善监狱待遇，和另外一个姓潘的作家绝食死了。这匪犯被捕是在数年前唐山矿工大罢工一个月以后的事情，用的是刘深甫姓名。将近年底时，大阮接到一个无名氏写寄北京大学辗转送来的一封信，告给大阮这个消息。内容简单而古怪，姓刘的临死前说大阮是他的亲戚，要这个人转告大阮一声，此外无话。写信人的署名四十九，显然是小阮在狱中最接近的难友。得到这古怪信件后，大阮想去想来总想不出姓刘的究竟是谁，怎么会是他的亲戚。两天以后，无意中记起小阮到北京找他时对那宿舍同学说的几句话，才了悟刘深甫就是小阮，原来小阮的真正死耗还是一月以前的事。他相信这一次小阮可真完事了，再不会有什么消息了。这种信对大阮的意义，不是告给他小阮的死耗，却近于把一个人行将忘却的责任重复提起。他的难受是本题以外的。大阮想做点儿什么事纪念一下这个小侄，想去想来不知做什么好。到后想起那个打更人，叫来问明白了他的酒量后，答应每月供给这打更的十斤烧酒，一年为度，才像完了一种心愿。所干没的两千元，自然就完全归入自己账上了。

大阮从不再在亲友面前说小阮的糊涂，却用行为证明了自己的思想信仰是另外一路：稳健。他还相信他其所以各事遂意，就为的是他对人生对社会有他的稳健正确信仰。他究竟信仰的是什么，没有人询问他，他自己也不大追究明白。正和很多读书人一样，日子都过得满好。

他很幸福，这就够了。这古怪时代，许多人为多数人找寻幸福，都在沉默里倒下，完事了。另外一些活着的人，却照例以为自己活得很幸福，生儿育女，百事遂心，还是社会中坚，社会少不得他们。尤其是像大阮这种人。

一九三五年五月十四日作

○ ○ ○ 顾问官

驻防湖南省西部地方的三十四师，官佐士兵夫同各种位分的家眷人数约三万，枪支约两万，每到月终造名册具结领取省里协饷却只四万元，此外就靠大烟过境税和当地各县种户吸户的地亩捐、懒捐、烟苗捐、烟灯捐以及妓院花捐等等支持。军中饷源既异常枯竭，收入不敷分配，因此一切用度都来自对农民的加重剥削。农民虽成为竭泽而渔的对象，本师官佐士兵夫固定薪俸仍然极少，大家过的日子全不是儿戏。兵士十冬腊月还常常无棉衣。从无一个月按照规矩关过一次饷。一般职员单身的，还可以混日子，拖儿带女的就相当恼火。只有少数在部里的高级幕僚红人，名义上收入同大家相差不多，因为可以得到一些例外津贴，又可以在各个税卡上挂个虚衔，每月支领笔干薪，人若会“掇弄”，还可以托烟帮商人，赊三五挑大烟，搭客做生意，不出本钱却稳取利息，因此每天无事可做，还能陪上司打字牌，进出三五百块钱不在乎。至于落在冷门的家伙，即或名分上是“高参”“上校”，生活可就够苦了。

师部的花厅里每天有一桌字牌，打牌的看牌的高级官佐，经常有一桌席位，和八洞神仙一般自在逍遥。一到响午炮时，照例就放下了牌，来吃师长大厨房备好的种种点心。圆的、长的、甜的、淡的、南方的、北方的，轮流吃去。如果幕僚中没有这些贤豪英俊人才，好些事情也相当麻烦不好办。这从下文就可知道。

这时节，几张小小矮椅上正坐得有禁烟局长、军法长、军需长同师长四个人抹着字牌打跑和。坐在师长对手的是军需长，正和了个“红四台带花”，师长恰好“做梦”歇憩，一手翻开那张剩余的字牌，是个大红拾字，牌上有数，单是做梦的收入就是每人十六块。师长一面哈哈大笑，一面正预备把三十二块大洋钱捡进抽屉匣子里时，忽然从背后伸来一只干瘦姜黄的小手，一把抓捏住了五块洋钱，那只手就想赶快缩回去，哑声儿带点谄媚神气嚷着说：“师长运气真好，我吃五块钱红！”

拿钱说话的原来是本师少将顾问赵颂三。他那神气似真非真，因为是师长的老部属，平时又会逢场作趣，这时节乘顺水船就来那么一手。他早有了算计，钱若拿不到手，他作为开玩笑，打哈哈；若上了手，就预备不再吃师长大厨房的炸酱面，出衙门赶过王屠户处喝酒去了。他原已站在师长背后看了半天牌，等候机会，所以师长纵不回头，也知道那么伸手白昼行劫的是谁。

师长把头略偏，一手扣定钱，笑着嚷道：“这是怎么的？吃红吃到梦家来了！军法长，你说，真是无法无天！查查你那条款，白日行劫，你得执行职务！”

军法长是个胖子，早已经胖过了标准，常常一面打牌一面打盹儿。这时节已输了将近两百块钱，正以为是被身后那一个牵线把手气弄痞了，不大高兴。就带讽刺口气说：“师长，这是你的福星，你尽他吃五块钱红吧，他帮你忙不少了！”

那瘦手于是把钱抓起赶快缩回，依旧站在那里，唧唧地把几块钱在手中转动。

“师长是将星，我是福星——我站在你身背后，你和了七牌，算算看赢了差不多三百块！”

师长说：“好好，福星，你赶快拿走吧。不要再站在我身背后，我不要你这个福星。我知道你有许多重要事情待办，街上有人等着你，赶快去吧。”

顾问本意即刻就走，但是经这么一说，倒似乎不好意思起来了。一时不即开拔，只搭讪着，走过军法长身后来看牌。军法长回过头来对他愣着两只大眼睛说：“三哥，你要打牌我让你来好不好？”

话里虽然有根刺，这顾问用一个油滑的微笑，拔去了那根看不见的刺，回口说：“军法长，你发财，你发财！哈哈，看你今天那额角，好晦气！我俩赌个手指头，你不输掉裤带才真是运气！”

一面说一面笑着，把手中五块雪亮的洋钱唧唧地转着，摇头摆脑地走出师部衙门上街了。

这人一出师部衙门，就赶过东门外王屠户那里去。到了那边，刚好午炮咚的一响。王屠户正用大钵头焖了两条牛鞭子，业已稀烂，钵子、酒碗都摊在地下，且团团转蹲了好几个老相好。顾问来得恰是时候，一加入这个饕餮群后，就接连喝了几杯“红毛烧”，还卷起袖子和一个官药铺老板大吼了三拳，一拳一大杯。他在军营中只是个名誉“军事顾问”，在本地商人中却算得是个真正“商业顾问”。大家一面大吃大喝，一面畅谈起来，凡有问的他必回答。

药店中人说：“三哥，你说今年水银收不得，我听你的话，就不收。可是这一来尽城里达生堂把钱赚去了。”

“我看老《申报》，报上说政府已下令不许卖水银给日本鬼子，谁敢做卖国贼秦桧？到后来那个卖屁眼的×××自己卖起国来，又不禁止了。这难道是我的错吗？”

一个杂货商人接口说：“三哥，你前次不是说桐油会涨价吗？”

“是呀，汉口挂牌十五两五，怎么不涨？老《申报》美国华盛顿通讯，说美国赶造军舰一百七十艘，预备大战日本鬼。日本鬼自然也得添造一百七十艘。兵对兵，将对将，老汉对婆娘。油船要的是桐油！谁听诸葛卧龙妙计，谁就从地下捡金子！”

“捡金子！商会上汉口来电报，落到十二两八！”

那顾问听说桐油价跌了，显然军师妙计有了错，有点儿害臊，便嚷着说：“那一定是毛子发明了电油。你们不明白科学，不知道毛子科学厉害。他们每天发明一样东西。谁发明谁就专利。正像福音堂牧师发明了上帝，牧师就专利一样。报上说，他们还预备从海水里取金子，信不信由你。他们一定发明了电油，中国桐油才跌价！”

王屠户插嘴说：“福音堂美国洋人怀牧师讲卫生，买牛里脊带血吃，百年长寿。他见我案桌上大六月天有金蝇子，就说：‘卖肉的，这不行，这不行，这有毒害人，不能吃！’（学外国人说中国话调子）还答应送我大纱布做罩子。肏他祖宗，我就偏让金蝇子贴他要的那个，看福音堂耶稣保佑他！”

一个杀牛的助手，从前做过援鄂军的兵士，想起湖北荆州、沙市土娼唱的赞美歌，笑将起来了，学土娼用窄喉咙唱道：“耶稣爱我，我爱耶稣；耶稣爱我白白脸，我爱耶稣大洋钱……”

到后几人接着就大谈起卖淫同迷信各种故事，又谈到《麻衣》《柳庄》相法。有人说顾问额角放光，像是个发达相，最近一定会做县知事。一面吃喝一面谈笑，正闹得极有兴致，门外屠桌边，忽然有个小癞子头晃了两下。

“三伯，三伯，你家里人到处找你，有要紧事，你就去！”

顾问一看说话的是邻居弹棉花人家的小癞子，知道所说不是谎话。就用筷子拈起一节牛鞭子蘸了盐辣水，把筷子一上一下同逗狗一样，“小癞子，你吃不吃牛鸡巴，好吃！”小癞子不好意思吃，只是摇头。顾问把它塞进自己口里，又同王屠户对了一杯，同药店中人对了一杯，同城中土老儿王冒冒对了一杯，且吃了半碗牛鞭酸白菜汤，用衣袖子抹着嘴上油腻，连说“有偏”，辞别众人忙匆匆赶回家去了。

这顾问履历是前清的秀才、圣谕宣讲员、私塾教师，入民国又做过县公署科员、警察所文牍员（一卸职就替人写状子，做土律师）。到后来不知凭何因缘，加入了军队，随同军队辗转各处。二十年来的湘西各县，即全由军人支配，他也便如许多读书人一样，寄食在军队里，一时做小小税局局长，一时包办屠宰捐，一时派往邻近地方去充代表，一时又当禁烟委员。因为职务上的疏忽，或账目上交接不清，也有过短时间的拘留、查办，结果且短时期赋闲。某一年中事情顺手点儿，多捞几个外水钱，就吃得油水好些，穿得光彩些，脸色也必红润些；带了随从下乡上衙门时，气派仿佛便是个“要人”，大家也好像把他看得重要得多。一年半载不走运，捞了几注横财，不是输光就是躺在床上打摆子吃药用光了；或者事情不好，收入毫无，就一切胡胡混混，到处拉扯。凡事不大顾全脸面，完全不像个正经人，同事熟人也便敬而远之了。

近两年来他总好像不大走运，名为师部的军事顾问，可是除了每到月头写领条过军需处支取二十四元薪水外，似乎就只有上衙门到花厅里站在红人背后看牌，就便吸几支三五字的上等卷烟。不看牌便坐在花厅一角翻翻报纸。不过因为细心看报，熟悉上海、汉口那些铺子的名称，熟悉各种新货各种价钱，加之自己又从报纸上得到了些知识，因此一来，他虽算不得“资产阶级”，当地商人却把他尊敬成为一个“知识阶级”了。加之他又会猜想，又会瞎说。事实上人也还厚道，间或因本地派捐过于苛刻，收款人并不是个毫无通融的人，有人请顾问帮忙解围，顾问也常常为那些小商人说句把公道话。所以他无日不在各处吃喝，无处不可以赊账。每月薪水二十四元虽不够开销，总还算拉拉扯扯勉强过得下去。

他家里有一个怀孕七个月的妇人，一个三岁半的女孩子。妇人又脏又矮，人倒异常贤惠；小女孩因害疳结病，瘦得剩一把骨头，一张脸黄姜姜的，两只眼大大地向外凸出，动不动就如猫叫一般哭泣不已。他却很爱妇人同小孩。

妇人为他孕了五个男孩子，前后都小产了，所以这次怀孕，顾问总担心又会小产。

回到家里，见妇人正背着孩子在门前望街，肚子还是胀鼓鼓的，知道并不是小产，才放了心。

妇人见他脸红气喘，就问他为什么原因，气色如此不好看。

“什么原因！小癞子说家里有要紧事，我还以为你又那个！”顾问一面用手摸着他自己的腹部，做出个可笑姿势，“我以为呱嗒一下，又完了。我很着急，想明白你找我做什么！”

妇人说：“大庸杨局长到城里来缴款，因为有别的事情，当天又得赶回观音寺，说是隔半年不见赵三哥了，来看看你。还送了三斤大头菜。他说你是不是想过大庸玩……”

“他就走了吗？”

“等你老等不来，叫小癞子到苗大处赊了一碗面请局长吃。派马夫过天王庙国术馆找你，不见。上衙门找你，也不见。他说可惜见你不着，今天又得赶到粑粑坳歇脚，恐怕来不及，骑了马走了。”

顾问一面去看大头菜，扯菜叶子给小女孩吃，一面心想这古怪。杨局长是参谋长亲家，莫非这“顺风耳”听见什么消息，上面有意思调剂我，要我过大庸做监收，应了前天那个捡了一手马屎的梦？莫非永顺县出了缺？

胡思乱想心中老不安定，忽然下了决心，放下大头菜就跑。在街上挨挨撞撞，有些市民不知道是什么原因，还跟着他乱跑了一阵。出得城来直向 × × 大路追去。赶到五里牌，恰好那局长马肚带脱了，正在那株大胡桃树下换马肚带。顾问一见欢喜得如获“八宝精”，远远地就打招呼：“局长，局长，你来了，怎不多玩一天，喝一杯，就忙走！”

那局长一见是顾问，也显得异常高兴。

“哈，三哥，你这个人！我在城里茅房门角落哪里不找你，你这个人！简直是到保险柜里去了！”

“嗨，局长，什么都找到，你单单不找到王屠户案桌后边！我在那儿同他们吃牛鸡巴下茅台酒！”

“吓，你这个人！不上忠义堂做智多星，一定要蹲地下划拳才过瘾！”

两人坐在胡桃树下谈将起来，顾问才明白原来这个顺风耳局长果然在城里听说今年十一月的烟亩捐，已决定在这个八月就预借。这好消息真使顾问喜出望外。

原来军中固定薪俸既极薄，在冷门上的官佐，生活太苦，照例到了收捐派捐时，部中就临时分别选派一些监收人，往各县会同当地军队催款。名分上是催款，实际上就调剂调剂，可谓公私两便。这种委员如果机会好，派到好地方，本人又会“掇弄”，照例可以捞个一千八百；机会不好，派到小地方，也总有个三百五百。因此每到各种催捐季节，部里服务人员都可望被指派出差。不过委员人数有限，人人希望借此调剂调剂，于是到时也就有人各处运动出差。消息一传出，市面酒馆和几个著名土娼住处都显得活跃起来。

一做了委员，捞钱的方法倒很简便。若系查捐，无固定数目派捐，则收入以多报少。若系照比数派捐或预借，则随便说个附加数目，走到各乡长家去开会，限乡长多少天筹足那个数目；乡长又走到各保甲处去开会，要保甲多少天筹足那个数目；保甲就带排头向各村子里农民去敛钱。这笔钱从保甲过手时，保甲扣下一点点，从乡长过手时，乡长又扣下一点点，其余便到了委员手中。委员懂门径为人厉害歹毒的，可多从乡长、保甲荷包里挖出几个；委员老实脓包的，乡长、保甲就乘浑水捞鱼，多弄几个了。十天半月把款筹足回部呈缴时，这些委员再把入腰包的赃物提出一部分，点缀点缀军需处同参副两处同事，委员下乡的工作就告毕了。

当时顾问得到了烟款预借消息，心中异常快乐，但一点钟前在部里还听师长说今年十一月税款得涓滴归公，谁侵吞一元钱就砍谁的头。军法长口头上且为顾问说了句好话，语气里全无风声，所以顾问就说：“局长，你这消息是真是假？”

那局长说：“我的三哥，亏你是个诸葛卧龙，这件事情还不知道。人家早安排好了，舅老爷去花垣，表大人去龙山，还有那个‘三尾子’[1]，也派定了差事。只让你梁山军师吴用坐在鼓里摇鹅毛扇！”

“胖大头军法长瞒我，那猪头三（学上海人口气）刚才还当着我面同师长说十一月让我过乾城！”

“这中风的大头鬼，正想派他小舅子过我那儿去，你赶快运动，热粑粑到手就吃。三哥，迟不得，你赶快那个！”

“局长，你多在城里留一天吧，你手面子宽，帮我向参谋长活动活动，少不得照例……”

“你找他去说那个这个……岂不是就有了边了吗？”

“那自然，那自然，你我老兄弟，我明白，我明白。”

两人嘀嘀咕咕商量了一阵，那局长为了赶路，上马匆匆走了。顾问步履如飞地回转城里，当天晚上就去找参谋长，傍参谋长靠灯效劳，在烟灯旁谈论那个事情。并用人格担保一切照规矩办事。

顾问奔走了三天，盖着巴掌大红印的大庸地方催款委员的委任令，居然就被他弄到手，第四天，便带了个随从，坐了三顶拐轿子出发了。

过了二十一天，顾问押解捐款缴部时，已经变成二千块大洋钱的资产阶级了。除了点缀各方面四百块，孝敬参谋长太太五百块，还足巴巴剩下光洋一千一百块压在箱子里。妇人见城里屋价高涨，旁人争起新房子，便劝丈夫买块地皮，盖几栋茅草顶的房子，除自己住不花钱，还可将它分租出去，收二十元月租做家中

---

[1] 三尾子：雌蟋蟀，因尾刺有三而得名。不打架。这里指无能者。

零用。顾问满口应允，说是即刻托药店老板看地方，什么方向旺些就买下来。但他心里可又记着老《申报》，因为报上说及一件出口货还在涨价，他以为应当不告旁人，自己秘密地来干一下。他想收水银，使箱子里二十二封银钱，全变成流动东西。

上衙门去看报，研究欧洲局势，推测水银价值，好相机行事。师长花厅里牌桌边，军法长吃酒多患了头痛，不能陪师长打牌了，三缺一正少个角色。军需长知道顾问这一次出差弄了多少，就提议要顾问来填角。没有现款，答应为垫两百借款。

师长口上虽说“不要作孽，不要作孽”，可是到后仍然让这顾问上了桌子。当顾问官把衣袖一卷坐上桌子时，这一来，当地一个“知识阶级”暂时就失踪了。

一九三五年四月二十六日作

○ ○ ○ 岚生同岚生太太

岚生先生在财政部是一个二等书记，比他小一点儿的还有三等书记，大一点儿的则有……人太多了。许是因为职位的缘故，常常对上司行礼吧，又并不生病，腰也常是弯的。但这些属于做官的事，不值得来用多少话语形容。横顺这时节，大家对于某种人的描写，正感到厌烦，或者会疑心是故意在纸上刻薄了他，小书记从职务上得来的残疾不说它还是好的。我们要知道他，明白他是一个写得一笔好字，能干勤快的书记，很受过前任总务厅长的褒奖，此外，他是一个每月到会计处领三十四块钱薪水的书记，就得了。

官印原是一个“岳”字，所以台甫用岚生二字，即“岳可生岚”之意，这是从名号上面，即可以见出他人是受过教育的。但在财政部去找姓牛名岳的，那是白费事。财政部职员录中，并无牛岚生其人。从书记到科长，科长到厅长，厅长回头又数下来，一直到传达处的听差，把牛岳或牛岚生问谁，谁也不知道。你到各处去问岚生先生时，我想这只能使你增加些新见识，可以看出部里官位之多，人名字的奇怪，至于岚生先生，在部里却改了一个俏皮的又吉利的名字，是牛其飞。至于这名字是否是从“飞黄腾达”或《聊斋》上《牛飞》一章取来，可就无从考究了。岚生先生在部里职员录中，既写的是牛其飞，又像有意把台甫也隐瞒了去，同事中喊“其飞”“其飞”总觉似乎拗着口，于是，刻薄一点儿的，就慷慨地为他取了一个诨名。这诨名我是不很清楚的，大致总与他姓和身体上的异样沾了点儿关系。这能怪谁？谁叫他那么胖又姓上这样一个不好听的姓？不过我知道，当到他面前喊叫他诨名的仍然是很少。这是得力于自己的体魄。从自己巍峨上生出威严，在岚生先生，原是于太太一方面，已就得到好些例外权利了。

冬月来，天气格外好，镇天大晴，有暖暖和和的太阳，且无风，马路上沙子也很少。岚生先生每天十二点欠三十分的时候从财政部办公室，回到西二牌楼馒头胡同住处，陪太太吃饭。走路的回数总比坐车的回数多些。并不是图省俭。人家并无怎样别的值得匆忙的事情，原就乐于把这三十分钟，花到这一段不到两里的马路上去的。弃了车子来走路，这一来，便宜是异样明白的：一则太阳晒到背膛心，舒服得比烤火还好过，一则是自己不愿意在十二点以前到家。若果真十二点以前就到家，由太太派下来的差事，必多到一倍。这些差事，慢一点儿到家，我们的岚生先生就可免掉了。果真坐车子比自己走路还要慢，岚生先生是极其愿意坐车回去的。“又不是调兵搬将，赶考充军，要这样到大热闹路上忙个什么？”因为自己想逃避差事，凡是见到车子在路上跑得快的，岚生先生就觉得这真无聊。奇怪的是财政部门前搁下来的车辆，你纵明明白白看到他是一个跛子，一遇到拉起部中级别稍高的办事人员，总也是比别人还要快，因此，岚生先生就更其不高兴坐车了。

从部里到馒头胡同的一段路，是由粑粑胡同过里脊房，向东，再折而南，出里脊房南口，又向东，进萝卜胡同，又出，一转弯，就到岚生家公馆了。

岚生先生，就是照到我所开的路线，经久不变，那么走到公馆的。有时换由墨水胡同，那就较远一点儿。较远一点儿则可以多耽搁些时间，也是岚生先生所愿意的事。且墨水胡同有一个“闺范女子中学”，除了星期不算，每一天岚生下办公室时，若从墨水胡同过身，则总可以看到许多从闺范中学返家吃中饭的女孩子。这中学虽标名是“闺范”，但如今时行的剪发的事情，像并不和学校名称相抵触，所以看普通女子外，还可以看头像返俗尼姑样的女人，因这样，岚生先生从远道走的日子，次数又像比捷径还要多了。看女人本像是不大好事情，只要看得斯文，看得老实，不逗人厌，那是正如同欣赏一件艺术品样子，至少比那类不会爱人的爱情，还要正派得多的。岚生先生的看法，也可归入这一流。他觉得女人都好看，尤其是把头发剪去后从后面看去，十分有趣。因为是每日要温习这许多头，日子一久，闺范女子中学一些学生的头，差不多完全记熟放在心里了。向侧面、三七分的、平剪的、卷鬓的、起螺旋形的，即或是在冥想时也能记出。且可以从某一种头发式样，记起这人的脸相来。但岚生先生对这类事，却并不是像世间上许多傻子一样，就俨然油了脸说是在爱着。岚生先生不拘在何种情形中，爱自己太太总比之爱别人还过分的。且像对于自己太太过于满意，竟匀不出剩余爱情再给别人了。他想着，如果自己太太也肯把发剪了去，凡是一切同太太接近的时候，会更要觉得太太年轻美好，那是无疑的。但曾用别的方法试探过太太意见，太太却不反对也不赞成：不赞成，使岚生先生不敢一时将希望提出来；不反对，却给了岚生先生一点儿非去温习闺范中学的女子头发不可的工作了。

岚生，岚生太太，就是这么两个人，组成一个小家庭的。照岚生先生的主张，凡是家庭，总要有两个小孩子，一个老妈子，才是道理。本来是预备只要太太得了一个小孩子时，同时就到佣工介绍所去找一个女用人。不过太太竟像是因为怕请人多花钱一样，两年来还是生养不出一个小岚生，所以直到如今，人还是请不成。因了一家只两个人，每日关于吃饭的事，岚生先生就不得不把权利义务糅合放在一起了。买菜、煮饭，太太是不烦岚生先生帮忙的。但碗总要洗洗。炉子里添煤，到煤铺里去赊账，以及其他太太不能做不愿做的，仍然是不可免。遇到太太不高兴时，煮饭炒菜，纯义务也要尽。那一天，若是两者之中都不能相下，结果就只好照顾胡同口儿那一家四川小馆子去了。

岚生太太人实在好，各样当主妇分内的事都晓得，都能做。年纪小岚生六岁。样子也还长得白净好看。也许就是为了年纪还不大，孩子们的脾气同天真却一样好好地保存在心里吧，固然知道当太太的对于料理家事是分内差事，但她总不愿岚生先生空起两手来看她做事。且觉得岚生先生在家中袖手吃闲饭不大合理，久而久之，岚生先生就把洗碗同抹桌子等工作也归在自己义务项下了。到近来，在十二点以前，太太纵然把饭菜已经全体做好了，无论如何，碗筷必得留下一件两件等待岚生先生处置的。你若因为想实行不做工而吃饭的主义，故意把回家的时间拖下来，碗还是好好地放到大的白铅桶里面。太太要吃却顾自洗一个。是这样坚决的经过不知多少小小鼓气后，明知躲避已无望，近来，岚生先生偷闲野心才不敢常起了。不过早回家则差事堆到头上总是格外多，在外挨一刻就少一件事，岚生先生之所以养成走路的脾气，就为得是这样一个道理。

要说是岚生先生怕他的太太，也不尽然。太太应不应当怕，那是看太太来。至于岚生太太，有许多地方，原是敌不过岚生先生的。岚生先生是胖子，虽不大，但究竟是小胖子。岚生太太身个儿却很小。若是当真闹翻脸，认真扭打起来，太太是无论如何打不过岚生先生的。正又像太太很明白打不过岚生先生一样，凡遇到要逼着使一个丈夫摔家伙发气打人的事情，太太总依然知道极力去趋避。太太且懂到用一切新派温柔的方法，譬如说：亲嘴、拥抱，以及别的足以增加岚生先生的爱怜的各种各样方法来软和岚生先生的脾气，排件施行，使岚生先生虽然是胖也到了那“英雄无用武之地”。其实，岚生太太，并没有读过什么新书，关于近来聪明文学家翻译的什么《爱的法宝》一类驾驭老爷的模范指南新书，当真不曾见过的。

今天是岚生先生从部里得了九月份薪水回家来。洗碗的差事当然就豁免了。因为得了钱，太太主张到小馆子去喊了一碗汆丸子，于是午饭桌上，比平常就多了一个碗。平常的品字形的排法变成田字形，太太的脸，也好像变得比昨天更可爱一点儿了。

在吃饭当儿，岚生先生正用筷子擒住了一个肉丸子往口里送，太太说：“你头似乎也可以剃得了。”

没有把丸子咽下的岚生先生，点头来答应。待到岚生先生能够说话时，太太的筷子，又正在那里擒住了一个丸子。

“太太，我有一句话同你商量。”

这是一句照例的话。并不是商量，也得这样来说。这脾气太太是很习惯了的。在平时，岚生先生不拘哪一次要同太太说一点儿超乎吃饭中讨论“菜好饭烂”以外的事情时，都是那么来起头的。太太这方面，可以不必用口来答复，把头略点，或竟不点，只用正在桌子上碗碟中间搜寻菜心的一双又大又黑的眼睛，掉过来瞅着了岚生先生，岚生先生就可以继续把议案提出了。

太太把筷子停在碗里不动，听了岚生先生的话，就瞅定了岚生先生。

“太太，你说近来年轻女人有辫子好看一点儿——还是有髻子好看一点儿？”

太太先是莫名其妙，故没有作声。

“其实，依我看，你梳髻子还要比拖辫子更可爱一点儿的。”

这真是一句废话！正因为加了后面一句话，太太却反而生出疑心了。这不明明是在街上看上了谁家拖辫子的女人，回来不能忘情的话么？于是太太心中就觉得有点儿酸。要开口骂一句却又不知从哪一句话上骂起。看岚生先生，是脸儿团团的、笑笑的、仿佛异常得意的。

筷子缩回来在另一碗来夹了一筷红烧芥菜，太太的不快是已到了脸上了。

本来就是唯恐太太误会的岚生先生，在发现太太脸上颜色后，觉得有点儿惶悚不好意思起来。知道是太太在一种误会中已生气着恼了。但不知应用个什么样话语来解释，方能“化干戈为玉帛”。

“太太，吃呀！”一举筷子就擒了一个大丸子掷到太太碗里。

“我早已吃饱了。”太太把丸子从自己碗里又掷回。

“难道我又因了什么不检，使你生气了么？”

“人老了，不能学十六七姑娘拖辫子，所以不可爱……”太太眼睛的微红已补足了其他要说的话。

岚生先生找到了解释同认错的机会，就琅琅地把自己积久不敢说出的意见全说了。

岚生先生且说：“因为想要探询太太对于长头发和短头发的意见，我才先说辫子同髻子。其实，别人并无什么坏意思，只是一个引子。做文章都得引子，难道说话就不必么？谁知太太就生了疑心，这只怪我不会说话了。……”话中充满了“和平”的愿望。第二次把丸子挪到太太碗里去，太太就不再拒绝了。

接着，岚生先生在女子短发上把“省事”那一点，格外发挥了不少议论。结末是：“太太你若是也剪成了尼姑头，他日陪我出去到北海去玩，同事中见着，将会说你是什么高等女子闺范的学生哩。”

太太因为想起“高等女子闺范”的样子，对岚生先生的话是完全同意了。只是把头发剪后衣服又怎么办？现时所穿的当然不大相宜。最合式的是旗袍了。岚生太太见过许多高等闺范女生就都穿得是旗袍。用藏青爱国呢做面子，紫色花绒做里，要滚边就滚灰边，这样一件旗袍，在太太心中，本来已计划了有许多日子了。只是明知道财政部不发薪，就不方便同岚生先生说。这时，岚生先生既有那么胆量，太太也就大大方方把希望说给岚生先生听了。

对太太意见表示了同意的岚生先生，答应了即以薪水之一半来做剪发的开支，太太也说这月在别的事上可以省一点儿。吃完饭后，太太在对了镜子抚弄她行将剪去的发髻时，岚生先生看着镜子里的太太好笑。

“剪子恐怕不行吧？”太太也对了镜子中的岚生先生说。

“那回头我们上市场买一把新的。还有，太太你的袍子料左右也要看看！”

“不要选一个吉利日子么？”

“那自然要！市场上东头，不是有一家命馆，叫作什么渡迷津？哎，前次，我们问那个……不是到过那里一次么？”

想起前次事，是要使太太红脸的。前次到那里花了四毛钱，去问请用人的日子，给那相士推算小岚生的出世日，说是不久不久，如今，听到岚生先生又提那地方，恐怕岚生先生又去问那相命人，所以借故说是那活神仙价钱太贵，不必花冤枉钱。

“这不是理由，”岚生先生说，“他灵验。京兆尹的舅爷还在报上称赞过，四毛钱一块钱都不算贵，只要避了克我们俩的日子，照神仙指点指点好。”

“那我们就去！”

“去就去，既不耽误下半天公事，左右不值日。”

于是太太就换衣，抿头，扑粉，岚生先生一面欣赏着太太化妆，一面也穿上了青毛细呢马褂，戴上灰呢铜盆帽，预备出发。凭相貌说，已像个要人！

一点钟以后，在市场东头，就可以见到岚生先生同他太太正从“渡迷津”相馆出来。日子已看定了。从一家新开张写着大减价的吉利公司走过，两人就走进去。在吉利公司花了四毛八分买了一把原价六毛的德国式剪刀，因为招牌上写得是八扣，所以本来预备走到美丽布店去买的旗袍料子，也就在吉利公司一下办妥了。此外又新买了一瓶雪花膏，连棉花一共算下来是十四元六毛。岚生先生半月的工作所得，的确是耗费到举办这一次典礼上了。出市场时，太太在先开路，岚生先生却抱了一大包东西在后面荡着的。因为太太走得并不快，所以岚生先生得了许多方便，有左顾右盼的余裕，把在自己面前走过的剪了发的女人，一个都不放松，细细地参考着、温习着。以后太太的头发的式样，便是岚生先生把在市场所见到的一个年轻漂亮的女人短发，参以墨水胡同一个女人头发式样仿着剪成的。

近来是岚生先生回家，坐车子的回数又比走路的时候为多了。

一九二六年十一月十二日作完

○○○ 虎雏

我那个做军官的六弟上年到上海时，带来了一个勤务兵，见面之下就同我十分谈得来，因为我从他口上打听出了多少事情，全是我想明白终无法可以明白的。六弟到南京去同政府接洽事情时，就把他丢在我的住处。这小兵使我十分中意，我到外边去玩玩时，也常常带他一起去，人家不知道的，都以为这就是我的弟弟，有些人还说他很像我的样子。我不拘把他带到什么地方去，见到的人总觉得这小兵不坏。其实这小孩真是体面出众的。一副微黑的长长的脸孔，一条直直的鼻子，一对秀气中含威风的眉毛，两个大而灵活的眼睛，都生得非常合适，比我六弟品貌还出色。

这小兵乖巧得很，气派又极伟大，他还认识一些字，能够看《建国大纲》，能够看《三国演义》。我的六弟到南京把事办完要回湖南军队里去销差时，我就带开玩笑似的说："军官，咱们俩商量一下，把你这个年轻的当差的留下给我，我来培养他，他会成就一些事业。你瞧他那样子，是还值得好好儿来料理一下的！"

六弟先不大明白我的意思，就说我不应当用一个副兵，因为多一个人就多一种累赘。并且他知道我脾气不好，今天欢喜的自然很有趣味，明天遇到不高兴时，送这小子回湘可不容易。

他不知道我意思是要留他的副兵在上海读书的，所以说我不应当多一个累赘。

我说："我不配用一个副兵，是不是？我不是要他穿军服，我又不是军官，用不着这排场！我要他穿的是学校的制服，使他读点儿书。”我还说及“倘若机会使这小子傍到一个好学堂，我敢断定他将来的成就比我们弟兄高明。我以为我所估计的绝不会有什么差错，因为这小兵绝不会永远做小兵的。可是我又见过许多人，机会只许他当一个兵，他就一辈子当兵，也无法翻身。如今我意思就在另外给这小兵一种机会，使他在一个好运气里，得到他适当的发展。我认为我是这小兵的温室”。

我的六弟听到了我这种意见，他觉得十分好笑，大声地笑着。

“你在害他！”他很认真的样子说，“你以为那是培养他，其中还有你一番好意值得感谢，你以为他读十年书就可以成一个名人，这真是做梦！你一定问过他了，他当然答应你说这是很好的。这个人不只是外表可以使你满意，他的另外一方面做人处，也自然可以逗你欢喜。可是你试当真把他关到学校里去看看，你就可以明白一个做了一阵勤务兵到野蛮地方长大的人，是不是还可以读书了。你这时告他读书是一件好事，同时你又引他去见那些大学教授以及那些名人，你口上即不说这是读书的结果，他仍然知道这些人因为读书才那么舒服尊贵的。我听到他告我，你把他带到那些绅士的家中去，坐在软椅上，大家很亲热和气地谈着话，又到学校去，看看那些大学生，走路昂昂作态，仿佛家养的公鸡，穿的衣服又有各种样子，他实在也很羡慕。但是他正像你看军人一样，就只看到表面。你不是常常还说想去当兵吗？好，你何妨去试试！我介绍你到一个队伍里去试试，看看我们的生活，是不是如你所想象的美，以及旁人所说及的坏。你欢喜谈到，你去详细生活一阵好了。等你到了那里拖一月两月，你才明白我们现在的队伍，是些什么生活。平常人用自己物质爱憎与自己道德观念做标准，批评到与他们生活完全不同的军人，没有一个人说得较对。你是退伍的人，十年来什么也变迁了，你如今再去看看，你就不会再写那种从容疏放的军人生活回忆了。战争使人类的灵魂野蛮粗糙，你能说这句话却并不懂他的意思。”

我原来同我六弟说的，是把他的小兵留下来读书的事，谁知平时说话不多的他，就有了那么多空话可说。他的话中意思，有笑我是书生的神气。我因为那时正很有一点儿自信，以为环境可以变更任何人性，且有点儿觉得六弟的话近于武断了。我问他当了兵的人就不适宜于进一个学校去的理由，是些什么事，有些什么例子。

六弟说：“二哥，我知道你话里意思有你自己。你正在想用你自己做辩护，以为一个兵士并不较之一个学生为更无希望。因为你是一个兵士。你莫多心，我不是想取笑你，你不是很有些地方觉得出众吗？也不只是你自己觉得如此，你自己或许还明白你不会做一个好军人，也不会成一个好艺术家（你自己还承认过不能做一个好公民，你原是很有自知之明）。人家不知道你时，人家却异口同声称赞过你！你在这情形下虽没有什么得意，可是你却有了一种不甚正确的见解，以为一个兵士同一个平常人有同样的灵魂这一件事情。我要纠正这个，你这是完全错误了的。平常人除了读过几本书学得一些礼貌和虚伪外，什么也不会明白，他当然不会理解这类事情。但是你不应当那么糊涂。这完全是两种世界两种阶级，把它牵强混合起来，并不是一个公平的道理！你只会做梦，打算一篇文章如何下手，却不能估计一件事情。”

“你不要说我什么，我不承认的。”我自然得分辩，不能为一个军官说输，“我过去同你说到过了，我在你们生活里，不按到一个地方好好儿的习惯，好好儿地当一个下级军官，慢慢地再图上进，已经算是落伍了的军人。再到后来，逃到另外一个方向上来，又仍然不能服从规矩，于目下的习俗谋妥协，现在成为不文不武的人，自然还是落伍。我自己失败，我明白是我的性格所成，我有一个诗人的气质，却是一个军人的派头，所以到军队人家嫌我懦弱，好胡思乱想，想那些远处，打算那些空事情，分析那些同我在一处的人的性情，同他们身份不合。到读书人里头，人家又嫌我粗率，做事马虎，行为简单得怕人，与他们身份仍然不合。在两方面皆得不到好处，因此毫无长进，对生活且觉得毫无意义。这是因为我的体质方面的弱点，那当然是毫无办法的。至于这小副兵，我倒不相信他仍然像我这样子。”

“你不希望他像你，你以为他可以像谁？还有就是他当然也不会像你。他若当真同你一样，是一个只会做梦不求实际，只会想象不要生活的人，他这时跟了我回去，机会只许他当兵，他将来还自然会做一个诗人。因为一个人的气质虽由于环境造成，他还是将因为另外一种气质反抗他的环境，可以另外走出一条道路。若是他自己不觉到要读书，正如其他人一样，许多人从大学校出来，还是做不出什么事业来。”

“我不同你说这种道理，我只觉得与其把这小子当兵，不如拿来读书，他是家中舍弃了的人，把他留在这里，送到我们熟人办的那个××中学校去，又不花钱，又不费事，这事何乐不为？”

我的六弟好像就无话可说了，问我××中学要几年毕业。我说：“还不是同别的中学一个样子，六年就可以毕业嘛。”六弟又笑了，摇着那个有军人风范的脑袋。

“六年毕业，你们看来很短，是不是？因为你说你写小说至少也要写十年才有希望，你们看日子都是这样随便，这一点就证明你不是军人，若是军人，他将只能说六个月的。六年的时间，你不过使这小子从一个平常中学卒业，出了学校找一个小事做，还得熟人来介绍，到书铺去当校对，资格还发生问题。可是在我们那边，你知道六年的时间，会使世界变成什么样子没有？一个学生在六年内还只有到大学的资格，一个兵士在六年内却可以升到团长，这个事比较起来，相差得可太远了。生长在上海，家里父兄靠了外国商人供养，做一点儿小小事情，慢慢地向上爬去，十年八年因为业务上谨慎，得到了外国资本家的信托，把生活举起，机会一来就可以发财，儿子在大学毕业，就又到洋行去做写字，这是上海洋奴的人生观。另外不做外国商人的奴隶，不做官，宁愿用自己所学去教书，自然也还有人。但是你若没有依傍，到什么地方去找书教？你一个中学校出身的人，除了小学还可以教什么书？本地小学教员比兵士收入不会超过一倍，一个稍有作为的兵士，对于生活改变的机会，却比一个小学教员多十倍！若是这两件事平平地放在一处，你意思选择什么？”

我说：“你意思以为六年内你的副兵可以做一个军官，是不是？”

“我的意思只以为他不宜读书。因为你还不宜于同读书人在一处谋生活，他自然更不适当了。”

我还想对于这件事有所争论，六弟却明白我的意思，他就抢着说：“你若认为你是对的，我尽你试验一下，尽事实来使你得到一个真理。”

本来听了他说的一些话，我把这小子改造的趣味已经减去一半了，但这时好像故意要同这位军官闹气似的，我说：“把他交给我再说。我要他从国内最好的一个大学毕业，才算是我的主张成功。”

六弟笑着：“你要这样麻烦你自己，我也不好意思坚持了。”

我们算是把事情商量定局了，六弟三天即将回返湖南，等他走后我就预备为这未来的学士，找朋友补习数学和一切必需学问，我自己还预备每天花一点钟来教他国文，花一点钟替他改正卷子。那时是十月，两月后我算定他就可以到××中学去读书了。我觉得我在这小兵身上，当真会做出一份事业来，因为这一块原料是使人不能否认可以制成一件值价的东西的。

我另外又单独地和这个小兵谈及，问他是不是愿意不回去，就留在这里读书，他欢喜的样子是我描摹不来的。他告我不愿意做将军，愿意做一个有知识的平民。他还就题发挥了一些意见，我认为意见虽不高明，气概却极难得的。到后我把我们的谈话同六弟说及，六弟总是觉得好笑，我以为这是六弟军人顽固自信的脾气，所以不愿意同他分辩什么。

过了三天，三天中这小副兵真像我的最好的兄弟，我真不大相信有那么聪颖懂事的人。他那种识大体处，不拘为什么人看到时，我相信都得找几句话来加以赞美才会觉得不辜负这小子。

我不管六弟样子怎么冷落，却不去看他那颜色，只顾为我的小友打算一切。我六弟给过了我一百块钱，我那时在另外一个地方，又正得到几十块钱稿费，一时没有用去，我就带了他到街上去，为他看应用东西。我们又到另一处去看中了一张小床，在别的店铺又看中其他许多东西。他说他不欢喜穿长衣，那个太累赘了一点儿，我就为他定了一套短短黑呢中山服，制了一件粗毛呢大衣。他说小孩子穿方头皮鞋合适一点儿，我就为他定制了一双方头皮鞋。我们各处看了半天，估计一切制备齐全，所有钱已用去一半，我还好像不够的样子，倒是他说不应当那么用钱，我们两个人才转回住处。我预备把他收拾得像一个王子，因为他值得那么注意。我预备此后要使他天才同年龄一齐发展，心里想到了这小子二十岁时，一定就成为世界上一个理想中的完人。他一定会音乐和图画，不擅长的也一定极其理解。他一定对于文学有极深的趣味，对于科学又有极完全的知识。他一定坚毅诚实，又一定健康高尚。他不拘做什么事都不怕失败，在女人方面，他的成功也必然如其他生活一样。他的品貌与他的德行相称，使同他接近的人都觉得十分爱敬……

不要笑我，我原是一个极善于在一个小事情上做梦的人，那个头顶牛奶心想二十年后成家立业的人是我所心折的一个知己，我小时听到这样一个故事，听人说到他的牛奶泼在地上时，大半天还是为他惆怅。如今我的梦，自然已经早为另一件事破灭了。可是当时我自己是忘记了我的奢侈夸大的想象的，我在那个小兵身上做了二十年梦，我还把二十年后的梦境也放肆地经验到了。我想到这小子由于我的力量，成就了一个世界上最完全最可爱的男子，还因为我的帮助，得到一个恰恰与他身份相称的女子做伴，我在这一对男女身边，由于他人的幸福，居然能够极其从容地活到这世界上。那时我应当已经有了五十多岁，我感到生活的完全，因为那是我的一份事业，一种成功。

到后只差一天六弟就要回转湖南销差去了，我们三人到一个照相馆里去拍了一个照相。把相照过后，我们三人就到××戏院去看戏，那时时候还不到，故就转到××园里去玩。在园里树林子中落叶上走着，走到一株白杨树边，就问我的小朋友，爬不爬得上去，他说爬得上去。走了一会儿，又到一株合抱大枫树边，问这个爬不爬得上去，他又说爬得上去。一面走就一面这样说话，他的回答全很使我满意。六弟却独在前面走着，我明白他觉得我们的谈话是很好笑的。到后听到枪声，知道那边正有人打靶，六弟很高兴地走过去，我们也跟了过去，远远地看那些人伏在一堵土堆后面，向那大土堆的白色目标射击，我问他是不是放过枪，这小子只向着六弟笑，不敢回答。

我说："不许说谎，是不是亲自打过？"

"打过一次。"

"打过什么？"

这小子又向着六弟微笑，不敢回答。

六弟就说："不好意思说了吗？二哥你看起他那样子老实温和，才真是小土匪！为他的事我们到××差一点儿出了命案。这样小小的人，一拳也经不起，到××去还要同别的人打架，把我手枪偷出去，预备同人家拼命，若不是气运，差一点儿就把一个岳云学生肚子打通了。到汉口时我检查枪，问他为什么少了一颗子弹，他才告我在长沙同一个人打架用了的。我问他为什么敢拿枪去打人，他说人家骂了他丑话，又打不过别人，所以想一枪打死那个人。"

六弟觉得无味的事，我却觉得更有趣味，我揪着那小子的短头发，使他脸望着我，不好躲避，我就说："你真是英雄，有胆量。我想问你，那个人比你大多少？怎么就会想打死他？"

"他大我三岁，是岳云中学的学生，我同参谋在长沙住在××，六月里我成天同一个军事班的学生去湘河洗澡，在河里洗澡，他因为泅水比我慢了一点儿，和他的同学，用长沙话骂我屁股比别人的白，我空手打不过他，所以我想打死了他。"

“那以后怎么又不打死他？”

“打了一枪不中，子弹掯了膛，我怕他们捉我，所以就走脱了。”

六弟说：“这种性情只好去当土匪，半年就可以做大王。”

我说：“我不承认你这句话。他的胆量使他可以做大王，也就可以使他做别的伟大事业。你小时也是这样的。同人到外边去打架胡闹，被人用铁拳星打破了头，流满了一脸的血，说是不许哭，你就不哭，你所以现在做军官，也不失为一个好军人。若是像我那么不中用，小时候被人欺侮了，不能报仇，就坐在草地上去想，怎么样就学会了剑仙使剑的方法，飞剑去杀那个仇人，或者想自己如何做了官，派家将揪着仇人到衙门来打他一千板屁股，出出这一口气。单是这样空想，有什么用处？一个人越善于空想，也就越近于无用，我就是一个最好的榜样。”

六弟说：“那你的脾气也不是不好的脾气，你就是因为这种天赋的弱点，成就了你另外一个天赋的长处。若是成天都想摸了手枪出去打人，你还有什么创作可写？”

“但是你也知道多少文章就是多少委屈。”

“好，我汉口那把手枪就送给你，要他为你收着，从此有什么被人欺侮的事，就要这个小英雄去替你报仇好了。”

六弟说得我们大家都笑了。我向小兵说：“假若有一把手枪，将来我讨厌什么人时，要你为我去打死他们，敢不敢去动手？”他望了我笑着，略略有点儿害羞，毅然地说“敢”。我很相信他的话，他那态度是诚恳天真，使人不能不相信的。

我自然是用不着这样一个镖客哦！因为始终我就没有一个仇人值得去打一枪。有些人见我十分沉静，不大谈长道短，间或在别的事上造我一点儿谣言，正如走到街上被不相识的狗叫了一阵的样子，原因是我不大理会他们，若是稍稍给他们一点儿好处，也就不至于吃惊受吓了。又有些自己以为读了很多书的人，他不明白我，看我不起，那也是平常的事。至于女人都不欢喜我，其实就是我把逗女人高兴的地方都太疏忽了一点儿，若我觉得是一种仇恨，那报仇的方法，倒还得另外打算，更用不着镖客的手枪了。

不过我身边有了那么一个勇敢如小狮子的伙伴，我一定从此也要强干一点儿，这是我顶得意的。我的气质即或不能许我行为强梁，我的想象却一定因为身边的小伴，可以野蛮放肆一点儿。他的气概给了我一种气力，这气力是永远还能存在而不容易消灭的。

那天我们看的电影是《神童传》，说一个孤儿如何奋斗成就一生事业。

第二天，六弟就动身回湖南去了。因六弟坐飞机去，我们送他到飞机场，六弟见我那种高兴的神气，不好意思说什么扫兴的话批评到小兵，他当到小兵告我，若是觉得不能带他过日子时，就送到南京师部办事处去，因为那边常有人回湖南，他就仍然可以回去。六弟那副坚决冷静的样子，使我感到十分不平，我就说："我等到你后来看他的成就，希望你不要再用你的军官身份看待他！"

"那自然是好的。你自信能成就他，恐怕的是他不能由你的造就。你就留下他过几个月看看吧。"

我纠正他的前面一句话大声地说："过几年。"

六弟忙说："好，过几年，一件事你能过几年不变，我自然也高兴极了。"

时间已到，六弟坐到飞机客座里去，不一会儿这飞机就开走了，我们待飞机完全不见时方回家来。回来时我总记到六弟那种与我意见截然相反的神气，觉得非常不平，以为六弟真是一个军人，看事情都简单得怕人，自信成见极深，有些地方真似乎顽固得很。我因为六弟说的话放在心上，便觉得更想耐烦来整顿我这个小兵，我也就想用事实来打破六弟的成见，我以为三年后暑假带这小兵回乡时，将让一切人为我处理这小孩子的成绩惊讶不已。

六弟走后我们预定的新生活便开始了，看看小兵的样子，许多地方聪明处还超过了我的估计，读书写字都极其高兴，过了四天，数学教员也找到了，教数学的还是一个大学教授！这大教授一到我住处，见到这小兵正在读书，他就十分满意，他说："这小朋友我很爱他，真是一个笑话。"我说："那就妙极了，他正在预备考××中学，你大教授权且来尽义务充一个小学教员，教他乘法、除法同分数吧。"这大教授当时毫不迟疑就答应了。

许多朋友都知道我家中有一个小天才的事情了，凡是来到我住处玩的，总到亭子间小朋友处去谈谈。同了他玩过一点钟的，无一人不觉得他可爱，无一人不觉得这小子将来成就会超过自己。我的朋友音乐家××，就主张这小朋友学提琴，他愿意每天从公共租界极北跑来教他。我的朋友诗人××，又觉得这小孩应当成一个诗人。还有一个工程学教授宋先生，他的意见却劝我送小孩子到一个极严格的中学校去，将来卒业若升入北洋大学时，则他愿意帮助他三年学费。还有一个律师，一个很风趣的人，他说："为了你将来所有作品版税问题，你得让他成一个有名的律师，才有生活保障。"

大家都愿意这小朋友成为自己的同志，且因这个缘故，他们各个还向我解释过许多理由。为什么我的熟人都那么欢喜这小兵，当时我还不大明白，现在才清楚，那全是这小兵有一个迷人的外表。这小兵，确实是太体面一点儿了。我的自信，我的梦，也就全是为那个外表所骗而成的！

这小兵进步是很快的，一切都似乎比我预料的还顺利一点儿，我看到我的计划，在别人方面的成功，感到十分快乐。为了要出其不意使六弟大吃一惊，目前却不将消息告给六弟。为这小兵读书的原因，本来生活不大遵守秩序的我，也渐渐找出秩序来了。我对于生活本来没有趣味，为了他的进步，我像做父亲的人在佳子弟面前，也觉得生活还值得努力了。

每天我在我房中做事情，他也在他那间小房中做事情，到吃饭时就一同往隔壁一个外国妇人开的俄菜馆吃牛肉汤同牛排。清早上有时到××花园去玩，有时就在马路沿走走。晚上饭后应当休息一会儿时节，不是我为他学西北绥远包头的故事，就是学东北的故事。有时由他说，则他可以告我近年来随同六弟到各处剿匪的事情，他用一种诚实动人的湘西人土话，说到六弟的胆量，说到六弟的马。说到在什么河边滩上用盒子枪打匪，他如何伏在一堆石子后面，如何船上失了火，如何满河的红光。又说到在什么洞里，搜索残匪，用烟子熏洞，结果得到每只有三斤多重的白老鼠一共有十七只，这鼠皮近来还留在参谋家里。又说到名字叫作“三五八”的一个苗匪大王，如何勇敢重交情，不随意抢劫本乡人。凡事由于这小兵说来，掺入他自己的观念，仿佛在这些故事的重述上，见到一个小小的灵魂，放着一种奇异的光，我在这类情形中，照例总是沉默到一种幽杳的思考里，什么话也没有可说。因这小朋友观念、感想、兴味的对照，我才觉得我已经像一个老人：再不能同他一个样子了。这小兵的人格，使我在反省中十分忧郁，我在他这种年龄上时，却除了逃学胡闹或和了一些小流氓蹲在土地上掷骰子赌博以外，什么也不知道注意的。到后我便和他取了同样的步骤，在军队里做小兵，极荒唐地接近了人生。但我的放荡的积习，使我在做书记时，只有一件单汗衣，因为自己一洗以后即刻落下了行雨，到下楼吃饭时还没有干，不好意思赤膊到楼下去同副官们吃饭，我就饿过一顿饭。如今这小兵，却俨然用不着人照料也能够站起来成一个人。因为小兵的人格，想起我的过去。以及为过去积习影响到的现在，我不免感觉到十分难过。

日子从容地过去，一会儿就有了一个月，小兵同我住在一处，一切都习惯了，有时我没有出门，要他到什么地方去看看信，也居然做得很好。有时数学教员不能来，他就自己到先生那里去。时间一久，有些性质在我先时看来，认为是太粗鲁了一点儿的，到后也都没有了。

有一天，我得到我的六弟由长沙来的一个信，信上说着：

……二哥，你的计划成功了没有？你的兴味还如先前那样浓厚没有？照我的猜想，你一定是早已觉得失败了。我同你说到过的，“几个月”你就会觉得厌烦，你却说“几年”也不厌烦，我知道你这是一句激出来的话，你从我的冷静里，看出我不相信你能始终其事，你样子是非常生气的。可是你到这时一定意见稍稍不同了。我说这个时，我知道，你为了骄傲，为了故意否认我的见解，你将仍然能够很耐烦地管教我们的小兵，你一定不愿意你做的事失败。但是，明明白白这对你却是很苦的，如今已经快到两个月了，你实在已经够受了，当初小孩子的劣点以及不适宜于读书的根性，倘若当初是因为他那迷人的美使你原谅疏忽，到如今，他一定使你渐渐地讨厌了。

……我希望你不要太麻烦自己。你莫同我争执，莫因拥护你那做诗人的见解，在失败以后还不愿意认账。我知道你的脾气，因为我们为这件事讨论过一阵，所以你这时还不愿意把小兵送回来，也不告我关于你们的近状。可是我明白，你是要在这小子身上创造一种人格，你以为由于你的照料，由于你的教育，可以使他成一个好人。但是这是一种夸大的梦，永远无从实现的。你可以影响一些人，使一些人信仰你、服从你，这个我并不否认的。但你并不能使那个小兵成好人。你同他在一处，在他是不相宜的，在你也极不相宜。我这时说这个话时也许仍然还早了一点儿，可是我比你懂那个小兵，他跟了我两年，我知道他是什么材料。他最好还是回来，明年我当送他到军官预备学校去，这小子顶好的气运，就是在军队中受一种最严格的训练，他才有用处，才有希望。

……你不要以为我说的话近于武断，我其实毫无偏见。现在有个同事王营长到南京来，他一定还得到上海来看看你，你莫反对我这诚实的提议，还是把小兵交给那个王同事带回去。两个月来我知道你为他用了很多的钱，这是小事，最使我难过的，还是你在这个小兵身上，关于精神方面损失得很多，将来出了什么事，一定更有给你烦恼处。

……你觉得自信并不因这一次事情的失败而减去，我同你说一句笑话，你还是想法子结婚。自己的小孩，或者可以由自己意思改造，或者等我明年结婚后，有了小孩，半岁左右就送给你，由你来教养培植。我很相信你对小孩教育的认真，一定可以使小孩子健康和聪敏，但一个有了民族积习稍长一点儿的孩子，同你在一块，会发生许多纠纷。

……

六弟的信还是那么军人气度，总以为我是失败了，而在斗气情形下勉强同他的小兵过日子的。尤其他说到那个“民族积习”，使我很觉得不平。我很不舒服，所以还想若果姓王的过两天来找寻我时，我将不会见他。

过了三天，我同小兵出外到一个朋友家中去，看从法国寄回来的雕刻照片，返身时，二房东说有一个军官找我，坐了一会儿留下一个字条就走了。看那个字条，才知道来的就是姓王的，先是六弟只说同事王营长，如今才知道六弟这个同事，却是我十多年前的同学。我同他在本乡军士技术班做学生时，两个人成天皆从家中各扛了一根竹子，预备到学校去练习撑篙跳，我们两个人年纪都极小，每天穿灰衣着草鞋扛了两根竹子在街上乱撞，出城时，守城兵总开玩笑叫我们作小猴子，故意拦阻说是小孩子不许扛竹子进出，恐怕戳坏他人的眼睛。这王军官非常狡猾，就故意把竹子横到城门边，大声地嚷着说是守城兵抢了他撑篙跳的杆儿。想不到这人如今居然做营长了。

为了我还想去看看我这个同学，追问他撑篙跳进步了多少，还想问他，是不是还用得着一根腰带捆着身上，到沙里去翻筋斗。一面我还想带了小兵给他看看，等他回去见到六弟时，使六弟无话可说，故当天晚上，我们在大中华饭店见面了。

见到后一谈，我们提到那竹子的事情，王军官说：“二爷，你那个本领如今倒精细许多了，你瞧你把一丈长的竹子，缩短到五寸，成天拿了他在纸上画，真亏你！”

我说：“你那一根呢？”

他说：“我的吗？也缩短了，可是缩短成两尺长的一支笛子。我近来倒很会吹笛子。”

我明白他说的意思，因为这人脸上瘦瘦白白的，我已猜到他是吃大烟了。我笑着装作不甚明白的神气：“吹笛子倒不坏，我们小时都只想偷道士的笛子吹，可是到手了也仍然发不成声音来。”

军官以为我愚，领会不到他所指的笛子是什么东西，就极其好笑：“不要说笛子吧，吹上了瘾真是讨厌的事！”

我说：“你难道会吃烟了吗？”

“这算奇怪的事吗？这有什么会不会？这个比我们俩在沙坑前跳三尺六容易多了。不过这些事倒是让人一着较好，所以我还在可有可无之间，好像唱戏的客串，算不得角色。”

“那么，我们那一班学撑篙跳的同学，都把那竹子截短了。”

“自然也有用不着这一手的，不过习惯实在不大好，许多拿笔的也拿‘枪’，无从编遣。”

说到这里我们记起了那个小兵了，他正站在窗边望街，王军官说：“小鬼头，你样子真全变了，你参谋怕你在上海捣乱，累了二先生，要你跟我回去，你是想做博士，还是想做军官？”

小兵说：“我不回去。”

“你跟了二先生这么一点儿日子，就学斯文得没有用处了。你引我的三多到外面玩玩去。你一定懂得到‘白相’了。你就引他到大马路白相去，不要生事，你找个小馆子，要三多请你喝一杯酒，他才得了许多钱。他想买靴子，你引他买去，可不要买像巡捕穿的。”

小兵听到王军官说的笑话，且说要他引带副兵三多到外面去玩，望着我只是笑，不好做什么回答。

王军官又说：“你不愿同三多玩，是不是？你二先生现在到大学堂教书，还高兴同我玩，你以为你就是学生，不能同我副兵在一起白相了吗？”

小兵见王军官好像生了气，故意拿话窘着他，不知如何分辩，脸上显得绯红。王军官便一手把他揪过去：“小鬼头，你穿得这样体面，人又这样标致，同我回去，我为你做媒讨老婆，不要读书了吧？”

小兵益觉得不好意思，又想笑又有点儿怕，望着我想我帮帮他的忙，且听我如何吩咐，他就照样做去。

我见到我这个老同学爽利单纯，不好意思不让他陪勤务兵出去玩，我就说：“你熟悉不熟悉买靴子的地方？”

他望了我半天，大约又明白我不许他出去，又记到我告过他不许说谎，所以到后才说：“我知道。”

王军官说：“既然知道，就陪三多去。你们是老朋友，同在一堆，你不要以为他的军服就辱没了你的身份。你的样子倒像学生，你的心可不是学生。你莫以为我的勤务兵相貌蠢笨，三多是有将军的分的。你们就去吧，我同你二先生还要在这里谈话，回头三多请你喝酒，我就要二先生请我喝酒……”

王军官接着就喊：“三多，三多。”那副兵当我们来时到房中拿过烟茶后，出去似乎就正站立在门外边，细听我们的谈话，这时听到营长一叫，即刻就进来了。

这副兵真像一个将军，年纪似乎还不到十六岁，全身就结实得如成人，身体虽壮实却又非常矮短，穿的军服实在小了一点儿，皮带一束因此全身绷得紧紧的如一木桶，衣服同身体便仿佛永远在那里作战。在一种紧张情形中支持，随时随处身上的肉都会溢出来，衣服也会因弹性而飞去。这副兵样子虽痴，性情却十分好，他把话都听过了，一进来就笑嘻嘻地望着小兵。

王军官一见到自己勤务兵的痴样子，做出十分难受的神情："三大人，我希望你相信我的忠告，少吃喝一点儿，少睡一点儿！你到外面去瞧瞧，你的肉快要炸开了。我要你去爬到那个洋秤上去过一下磅，看这半个月来又长了多少，你磅过没有？人家有福气的人肥得像猪，一定是先做官再发体，你的将军还没有得到，在你的职务上就预先发起胖来，将来怎么办？"

那勤务兵因为在我面前被王军官开着玩笑，仿佛一个十几岁处女一样，十分腼腆害羞，说道："我不知为什么总要胖。"

"沈参谋告你每天喝醋一碗，你试验过没有？"

那勤务兵说不出话来，低下头去，很有些地方像《西游记》上的猪八戒，在痴呆中见出妩媚。我忍不住要笑了，就拈了一支烟来，他见到时赶忙来刮自来火。我问他，是什么乡下的，今年有了多大岁数？他告我他是××的人，搬到城里住，今年还只十六岁。我又问他为什么那么胖，他十分害羞地告我说，是因为家中卖牛肉同酒，小小儿吃肉就发了膘。

王军官告三多可以跟着小兵去玩，我不好意思不让他们去，到后两人就出去了。

我同这个老同学谈了许多很有趣味的话，到后我就说："营长，你刚才说的你的未来将军请我的未来学士喝酒，我就来做东，只看你欢喜吃什么口味。"

王军官说："什么都欢喜，只是莫要我拿刀刀叉叉吃盘中的饭，那种罪我受不了。”

……

第二天我们早约定了要到王军官处去的，因为一去我怕我的“学士”又将为他的“将军”拖去，故告诉他，今天不要出去，就在家中读书，等一会儿一个杜先生同一个孙先生或许还要来（这些朋友是以到我处看看小兵为快乐的）。我又告他，若是杜教授来了，他可以接待客人到他小房间里去，同客人玩玩。把话嘱咐过后，我就到大中华饭店找寻王军官去了。晚上我们一同到一个电影院去消磨了两个钟头，那时已经快要十二点钟了，我很担心一个人留在家中的小兵，或者还等候着我没有睡觉，所以就同王军官分了手。约好明天我送他上车过南京。回来时，我奇怪得很，怎么不见了小兵。我先以为或者是什么朋友把他带走看戏去了，问二房东有什么朋友来找我，二房东恰恰日里也没有在家，回来时也极晏。我又问到二房东家的用人，才知道下午有一个大块头兵士来邀他出去，出门时还是三点钟以前。我算定这兵士就是王军官处那个勤务兵，来邀他玩，他又不好推辞，以为这一对年轻人一定是到什么热闹场所去玩，所以把回家的时间也忘却了，当时我就很生气，深悔昨大不应该带他到那里去，今天又不该不带他去。

我坐在房中等着，预备他回来时为他开门，一直等过了十二点还毫无消息。我以为不是喝醉了酒，就一定是在外面闯了乱子，不敢回来，住到那将军住处去了，这些事我认为全是那个王军官的副兵勾引成功的，所以非常愤恨那个小胖子。我想我此后可再不同这军官来往了，再玩一天我的学士就会学坏，使我为他所有一切的打算，都将付之泡影。

到十二点后他不回来，我有点儿疑心，就到他住身的亭子间去，看看是不是留得什么字条，看了一下，却发现了他那个箱子位置有点儿不同，蹲下去拖出箱子看看，他的军衣都不见了，我忽然明白他是做些什么事了，非常生气，跑回到我自己房中来，检查我的箱子同写字台的抽屉，什么东西都没有动过，一切秩序井然如旧，显然他是独自私逃走去的。我恐怕王军官那边还闹了乱子，拐失了什么东西，赶快又到大中华饭店去，到时正见王军官生气骂茶房，见我来了才不作声，还以为我是来陪他过夜的，就说："来得好极了，我那将军这时还不回来，莫非被野鸡捉去了！"

我说："恐怕他逃了，你赶快清查一下箱子，有些东西失落没有。"

"哪里有这事，他不会逃的。"

"我来告你，我的学士也不在家了！你的将军似乎下午三点钟时候，就到我住处邀他，两人一块儿走了！"

王军官一跳而起，拖出箱子一看，一些日前为太太兑换的金饰同钞票，全在那里，还有那支手枪，也搁在那里，不曾有人动过。他一面搜检其他一个为朋友们代买物件所置的皮箱，一面同我说："这土匪，我看不出他会逃走！"看到另外一口箱子也没有什么东西失掉，王军官松了一大口气，向我摇着头说，"不会逃走，不会逃走，一定是两人看戏恐怕责罚不敢回来了，一定是被野鸡拉去了，上海野鸡这样多，我这营长到乡下的威风，来到此地为她们一拉也头昏了，何况我那个宝贝！不过那宝贝也要人受，他是不会让别人占多少便宜的，身上油水虽多，可不至于上当。他是那么结实的，在女人面前他不会打下败仗来，只是你那个学士，我真为他担心。她们恐怕放不过他，他会为那些老鸡折磨一整夜，这真是糟糕的事。”

我说：“恐怕不是这样，我那个学士，他把军服也带走了。”

王军官先还笑着，因为他见到东西没有失掉，所以总以为这两个人是被妓女扣留到那里过夜的，所以还露着羡慕的神气，笑说他的将军倒有福气。他听到我说是小兵军服也拿走了，才相信我的话，大声地辱骂着“杂种”，同时就打着哈哈大笑。他向我笑着说：“你六弟说这小子心野得很，得把他带回去，只有他才管得到这小土匪，不至于多事，我还没有和你好好地来商量，事就发生了。我想不到是我那个将军居然也想逃走，你看他那副尊范，居然在那全是板油的肚子里，也包的有一颗野心。他们知道逃走也去不远，将来终有方法可以知道所去的地方，恐怕麻烦，所以不敢偷什么东西……”

说到这里，这军官忽然又觉得这事一定另外还有蹊跷了，因为既然是逃走，一个钱不拐去，他们又到什么地方去了呢？若说别处地方有好事情干，那么两个宝贝又没有枪械，徒手奔走去会做什么好事情？

他说：“这个事我可不明白了！我不相信我那个将军，到另外一个地方去比他原来的生活还好！你瞧他那样了，是不是到别的地方去就可以补上一个大兵的名额？他除了河南人要把戏，可以派他站到帐幕边装傻子收票以外，没有一个去处是他合适的去处！真是奇怪的世界，这种傻瓜还要跳槽！”

我说：“我也想过了，我那一位也不应当就这样走去的。我问你，你那将军他是不是欢喜唱戏？他若欢喜唱戏，那一定是被人骗走了。由他们看来，自然是做一个名角也很值得冒一下险。”

王军官摇着头连说：“绝对不会，绝对不会。”

我说："既不是去学戏，那真是古怪事情。我们应当赶即写几个航空信到各方面去，南京办事处、汉口办事处、长沙、宜昌，一定只有这几个地方可跑，我们一定可以访得出他们的消息。明天早上我们两人还可到车站上去看看，还可到轮船上去看看。"

"拉倒了吧，你不知道这些土匪的根基是这样的，你对他再好也无益处。你不要理他们算了，这些小土匪有许多天生是要在各种古怪境遇里长大成人的，有些鱼也是在逆水里浑水里才能长大。我们莫理他们，还是好好睡觉吧。"

我这个老同学倒真是一个军人胸襟，这件事发生后，骂了一阵，说了一阵到后不久仍然就躺在沙发上睡着了。我是因为告他不能同谁共床，被他勒到一个人在床上睡的。想到这件事情的突然而至，而为我那个小兵估计到这事不幸的未来，又想到或者这小东西会为人谋杀或饿死，到无人知道的什么隐僻地方，心中轮转着辘轳，听着王军官的鼾声，响四点钟了我才稍稍地合了一下眼。

第二天八点，我们就到车站上去，到各个车上去寻找，看到两路快慢车开去后，又赶忙走到黄浦江边，向每一只本日开行的轮船上去探询。我们又买了好几份报纸，以为或者可以得到一点儿线索，自然什么结果也没有得到。

当天晚上十一点钟，那个王军官仍然一个人上车过南京去了，我还送他到车上去，开车后，我出了车站，一个人极其无聊，想走到北四川路一个跳舞场去看看，是不是还可以见到个把熟人。因为我这时回去，一定又睡不着，我实在不愿意到我那住处去，我想明天就要另外搬一个家。我心上这时难受得很，似乎一个男子失恋以后的情形，心中空虚，无所依傍。从老靶子路一个人慢慢儿走到北四川路口，站了一会儿，见一辆电车从北驶来，心中打算不如就搭个车回去，说不定到了家里，那个小兵还在打盹儿等候着我回来！可是车已上了，这一路车过海宁路口时，虹口大旅社的街灯光明烛照，引起了我的注意，我临时又觉得不如在这旅馆住一夜，就即刻跳下了车。到虹口大旅社，我开了一间小小房间，茶房看见我是单身，以为我或者是来到这里需要一个暗娼作陪的，就来同我说话，到后见我告他不要在房里，只嘱咐他重新上一壶开水就用不着再来，把事做了出去时，他看到我抑郁不欢，一定猜我是来此打算自杀的人。我因为上一晚没有睡好，白天又各处奔走累了一天，当时倒下去就睡着了。

第二天大清早我回到住处，计划搬家的事，那个听差为我开门时，却告我小朋友已经回来了，我听到这个消息，心中说不分明的欢喜，一冲就到三楼房中去，没有见到他，又走过亭子间去，也仍然没有见到他，又走到浴间去找寻，也没有人。那个听差跟在我身后上来，预备为我生炉子，他也好像十分诧异，说：“又走了吗？”

我以为他或因为害羞躲在床下，还向床下去看过一次。我急急促促地问他：“这是怎么回事，他什么时候到这儿来的？”

听差说：“昨天晚上来的，我还以为他在这里睡。”

我说：“他不说什么话吗？”

听差说：“他问我你是什么时候出去的。”

“不说别的了吗？”

“他说他饿了，饭还不曾吃，到后吃了一点儿东西，还是我为他买的。”

“一个人吗？”

“一个人。

“样子有什么不同吗？”

听差好像不明白我问他这句话的意义，就笑着说：“同平常一样长得好看，东家都说他像一个大少爷。”

我心里乱极了，把听差哄出房门，轰地把门一关，就用手抱着头倒在床上睡了。这事情越来越使我觉得奇怪，我为这迷离不可摸捉的问题，把思想弄成纷乱一团。我真想哭了。我真想殴打我自己，我又来深深地悔恨自己，为什么昨天晚上没有回来？我又悔恨昨天我们为了找寻这小兵，各处都到过了，为什么不回到自己住处来看看？

使我十分奇怪的是，这小东西为什么拿了衣服逃走又居然回来？若说不是逃走，那这时又到哪里去了呢？难道是这时又跑到大中华去找我们，等一会儿还回来吗？难道是见我不回来，所以又逃走了吗？难道是被那个“将军”所骗，所以逃回来，这时又被逼到逃走了吗？

事情使我极其糊涂，我忽然想到他第二次回来一定有一种隐衷，一定很愿意见见我，所以等着我，到后大约是因为我不回来，这小兵心里吓怕，所以又走去了。我想到各处找寻一下，看看是不是留得有什么信件，以及别的线索，把我房中各处皆找到了，全没有发现什么。到后又到他所住的房里去，把他那些书本通通看过，把他房中一切都搜索到了，还是找不出一点儿证据。

因为昨天我以为这小兵逃走，一定是同王军官那个勤务兵在一处，故找寻时绝不疑心他到我那几个熟人方面去。此时想起他只是一个人回来，我心里又活动了一点儿，以为或者是他见我不回来，所以大清早走到我那些朋友处找我去了。我不能留在住处等候他，所以就留下了一个字条，并且嘱咐楼下听差，倘若是小兵回来时，叫他莫再出去，我不久就当回来的。我于是从第一个朋友家找到第二个朋友家，每到一处当我说到他失踪时，他们都以为我是在说笑话，又见到我匆匆忙忙地问了就走，相信这是一个事实时，就又拦阻了我，必得我把情形说明，才能够许我脱身。我见到各处皆没有他的消息，又见到朋友们对这事的关心，还没有各处走到，就已心灰意懒明白找寻也是空事了。先前一点点希望，看看又完全失败，走到教小兵数学的××教授家去，他的太太还正预备给小朋友一支自来水笔，要××教授今天下半天送到我住处去，我告他小兵已逃走了，这两夫妇当时的神气，我真永远还可以记忆得到。

各处皆绝望后，我回家时还想或者他会在火炉边等我，或者他会睡在我的床上，见我回来时就醒了。听差为我开门的样子，我就知道最后的希望也完了。我慢慢地走到楼上去，身体非常疲倦，也懒得要听差烧火，就想去睡睡，把被拉开，一个信封掉出来了。我像得到了救命的绳子一样，抓着那个信封，把它用力撕去一角，上面只写着这样一点点话：

二先生，我让这个信给你回来睡觉时见到。我同三多惹了祸，打死了一个人，三多被人打死在自来水管上。我走了。你莫管我，请你暂时莫同参谋说。你保佑我吧。

为了我想明白这将军究竟因什么事被人打死在自来水管子上，自来水管又在什么地方，被他们打死的另外一个人，又是什么人，因此那一个冬天，我成天注意到那些本埠新闻的死亡消息，凡是什么地方发现了一个无名尸首时，我总远远地跑去打听，但是还仍然毫无结果。只听到一个巡警被人打死的一次消息，算起日子来又完全不对。我还花了些钱，登过一个启事，告诉那个小兵说，不愿意回来，也可以回到湖南去，我想来这启事是不是看得到，还不可知，若见到了，他或者还是不会回湖南去的。

这就是我常常同那些不大相熟爱讲故事的人说笑话时，说我有一个故事，真像一个传奇，却不愿意写出这原因！有些人传说我有一个稀奇的恋爱，也就是指这件事而言的。有了这件事以后，我就再也不同我的六弟通信讨论问题了。我真是一个什么小事都不能理解的人，对于性格分析认识，由于你们好意夸奖我的，我都不愿意接受。因为我连一个十二岁的小孩子，还为他那外表所迷惑，不能了解，怎么还好说懂这样那样？至于一个野蛮的灵魂，装在一个美丽盒子里，在我故乡是不是一件常有的事情，我还不大知道；我所知道的，是那些山同水，使地方草木虫蛇皆非常厉害。我的性格算是最无用的一种型，可是同你们大都市里长大的人比较起来，你们已经就觉得我太粗糙了。

一九三一年五月十五日完于新窄而霉斋

○○○生

北京城什刹海杂戏场南头，煤灰土新垫就一片场坪，白日照着，有一圈没事可做的闲人，皆为一件小小热闹黏合在那里。

嗞……

一个裂帛的声音，这声音又如一枚冲天小小爆仗，由地而腾起，五色纸做成翅膀的小玩具，便在一个螺旋形的铁丝上，被卖玩具者打发了上天。于是这里有各色各样的脸子，皆向明蓝做底的高空仰着。小玩具做飞机形制，上升与降落，同时还牵引了远方的眼睛，因为它颜色那么鲜明，有北京城玩具特性的鲜明。

小小飞机达到一定高度后，便俨然如降落伞，盘旋而下，依然落在场中一角，可以重新拾起，且重新派它向上高升。或当发放时稍偏斜一点儿。它的归宿处便改了地方，有时随风扬起挂在柳梢上，有时落在各种小摊白色幕顶上，有时又凑巧停顿在或一路人草帽上。它是那么轻，什么人草帽上有了这小东西时，先是一点儿不明白，仍然扬长向在人丛中走去，于是一群顽皮小孩子，小狗般跟在身后嚷着笑着，直到这游人把事弄明白，抓了头上小东西摔去，小孩子方始争着抢夺，忘了这或一游人，不再理会。

小飞机每次放送值大子儿三枚，任何好事的出了钱，皆可自己当场来玩玩，亲手打发这飞机“上天”，直到这飞机在“地面”失去为止。

从腰边口袋中掏铜子人一多，时间不久，卖玩具人便笑眯眯地一面数钱一面走过望海楼喝茶听戏去了，闲人黏合性一失，即刻也散了。场坪中便只剩下些空莲蓬，翠绿起襞的表皮，翻着白中微绿的软瓤，还有棕色莲子壳，绿色莲子壳。

一个年纪已经过了六十的老人，扛了一对大傀儡从后海走来，到了场坪，四下望人，似乎很明白这不是玩傀儡的地方，但莫可奈何地却停顿下来。

这老头子把傀儡坐在场中烈日下，一面收着地面的莲蓬，用手捏着，探试其中的虚实，一面轻轻地咳着，调理他那副枯嗓子。他既无小锣，又无小鼓，除了那对脸儿一黑一白简陋呆板的傀儡以外，其余什么东西也没有！看的人也没有。

他把那双发红小眼睛四方瞟着，场坪地位既那么不适宜，天气又那么热，心里明白，若无什么花样做出来，绝不能把游海子的闲人牵引过来。老头子便瞻望坐在坪里傀儡中白脸的一个，亲昵地低声地打着招呼，也似乎正在用这种话安慰他自己。

“王九，不要着急，慢慢地会有人来的。你瞧，这莲蓬，不是大爷们的路数？咱们耽一会儿，就来玩个什么给爷们看看，玩得好，还愁爷们不赏三枚五枚？玩得好，大爷们回家去还会同家中学生说：嘿，王九赵四摔跤多扎实，六月天大日头下扭着蹩着搂着，还不出汗！（他又轻轻地说）可不是，你就从不出汗，天那么热，你不出汗也不累，好汉子！”

来了一个人，正在打量投水似的神气，把花条子衬衣下角长长地拖着，做成北京城大学生特有的丑样子，在脸上，也正同样有一派老去民族特有的憔悴颜色。

老头子瞥了这学生一眼，便微笑着，以为帮场的“福星”来了，全身做成年轻人灵便姿势，把膀子向上向下摇着。大学生正研究似的站在那里欣赏傀儡的面目，老头子就重复自言自语地说话，亲昵得如同家人父子应对。

“王九，我说，你瞧，大爷大姑娘不来，先生可来了。好，咱们动手，先生不会走的。你小心别让赵四小子扔倒。先生帮咱们绷个场面，看你摔赵四这小子，先生准不走。”

于是他把傀儡扶起，整理傀儡身上那件破旧长衫，又从衣下取出两只假腿来，把它缚在自己裤带上，一切弄妥当后，就把傀儡举起，弯着腰，钻进傀儡所穿衣服里面去，用衣服罩好了自己，且把两只手套进假腿里，改正了两只假腿的位置，开始独自在灰土坪里扮演两个人殴打的样子。他用各样方法，变动着傀儡的姿势，跳着，蹿着，有时又用真脚去捞那双用手套着的脚，装作掼跤盘脚的动作。他自己既不能看清楚头上的傀儡，又不能看清楚场面上的观众，表演得却极有生气。

大学生忧郁地笑了，而且，远远的另一方，有人注意到了这边空地上的情形，被这情形引起了好奇兴味，第二个人跑来了。

再不久，第三个以至于第十三个皆跑来了。

闲人为了傀儡的殴斗，聚集在四周的越来越多。

众人嘻嘻地笑着，从衣角里，老头子依稀看得出场面上一圈观众的腿脚，他便替王九用真脚绊倒了赵四的假脚，傀儡与藏在衣下玩傀儡的，一齐颓然倒在灰土里，场面上起了哄然的笑声，玩意儿也就做了小小结束了。

老头子慢慢地从一堆破旧衣服里爬出来，露出一个白发苍苍满是热汗的头颅，发红的小脸上写着疲倦的微笑，离开了傀儡后，就把傀儡重新扶起，自言自语地说着：“王九，好小子，你真能干！你瞧，我说大爷会来，大爷不全来了吗？你玩得好，把赵四这小子扔倒了，大爷会大把子铜子儿撒来，回头咱们就有窝窝头啃了。瞧，你那脸，大姑娘样儿。你累了吗？怕热吗？（他一面说一面用衣角揩抹他自己的额角）来，再来一趟，好劲头，咱们赶明儿还上南京国术会打擂台，给北方挣个大面子！”

众人又哄然大笑。

正当他第二次钻进傀儡衣服底里时，一个麻着脸庞收小摊捐的巡警从人背后挤进来。

巡警因为那种扮演古怪有趣，便不作声，只站在最前线看这种单人掼跤角力。然刚一转折，弯着腰身的老头子，却从巡警足部一双黑色厚皮靴上认识了观众之一的身份与地位，故玩了一会儿，只装作赵四力不能支，即刻又成一堆坍在地下了。

他赶忙把头伸出，对巡警做一种谄媚的微笑，意思像在说“大爷您好，大爷您好”，一面解除两手所套的假腿一面轻轻地带着幽默自讽的神气，向傀儡说：“瞧，大爷真来了，黄褂儿，拿个小本子抽收四大枚浮摊捐，明知道咱们嚼大饼还没办法，他们是来看咱们摔跤的！天气多热！大爷们尽在这儿竖着，来，咱们等等再来。”

他记起浮摊捐来了，他手边还无一个大子。

过一阵，他看看围在四方的帮场人已不少，便四向作揖打拱说：“大爷们，大热天委屈了各位。爷们身边带了铜子儿的，帮忙随手撒几个，荷包空了的，帮忙耽一会儿，不必走开。”

观众中有人丢一枚两枚的，与其他袖手的，皆各站定原来位置不曾挪动，一个青年军官，却掷了一把铜子皱着眉毛走开了。老头子为拾取这一把散乱满地的铜子，照例沿了场子走去，系在腰带上那两只假脚，便很可笑地向左向右摆着。

收捐巡警已把那黄纸条画上了个记号，预备交给老头子，他见着时，赶忙数了手中铜子四大枚，送给巡警，这巡警就口上轻轻说着“王九王九”，含着笑走了。巡警走后，老头子把那捐条搓成一根捻子，扎在耳朵边，向傀儡说：“四个大子不多，王九你说是不是？你不热，不出汗！巡警各处跑，汗流得多啦！”说到这里他似乎方想起自己头上的大汗，便蹲下去拉王九衣角揩着，同时意思想引起众人发笑，观众却无人发笑。

这老头子也同社会上某种人差不多，扮戏给别人看，连唱带做，并不因为他做得特别好，就只因为他在做，故多数人皆用稀奇怜悯眼光瞧着，应出钱时，有钱的也照例不吝惜钱，但不管任何地方，只要有了一件新鲜事情，这点儿黏合性就失去了，大家便会忘了这里一切，各自跑开了。

柳树荫下卖莲子小摊，有人中了暑，倒在摊边晕去了，大家不知发生了什么事，见有人跑向那方面去，也跟着跑去，只一会儿玩傀儡的场坪观众就走去了大半。少数人也似乎方察觉了头上的烈日，继续渐渐散去了。

带着等待投水神气的大学生，似乎也记起了自己应做的事情，不能尽在这烈日下捧场做呆二，沿着前海大路挤进游人中不见了。

场中剩了七个人。

老头子看看，微笑着，一句话不说，两只手互相捏了一会儿，又蹲下去把傀儡举起，罩在自己的头上，两手套进假腿里去，开始剧烈地摇着肩背，玩着业已玩过的那一套。古怪动作招来了四个人，但不久之间却走去了五个人。等到另外一个地方真的殴打发生后，其余的人便全皆跑去了。

老头子还依然玩着，依然常常故意把假脚举起，作为其中一个全身均被举起的姿势。又把肩背极力倾斜向左向右，便仿佛傀儡扭扑极烈。到后便依然在一种规矩中倒下，毫不苟且地倒下。自然的，王九又把赵四战胜了。

等待他从那堆敝旧衣里爬出时，场坪里只有一个查验浮摊捐的矮巡警，笑眯眯地站在那里，因为观众只他一人故显得他身体特别大，样子特别乐。

他走向巡警身边去，弯了下腰，从耳朵边抓取那根黄纸捻条，那东西却不见了，就忙匆匆地去傀儡衣里乱翻。到后从地下方发现了那捐条，赶忙拿着递给巡警。巡警不验看捐条，却望着系在那老头子腰边的两只假腿痴笑，摇摇头走了。

他于是同傀儡一个样子坐在地下，计数身边的铜子，一面向白脸傀儡王九笑着，说着前后相同既在博取观者大笑，又在自作嘲笑的笑话。他把话说得那么亲昵，那么柔和。他不让人知道他死去了的儿子就是王九，儿子的死乃是由于同赵四相拼也不说明。他绝不提这些事。他只让人眼见傀儡王九与傀儡赵四相殴相扑时，虽场面上王九常常不大顺手，上风皆由赵四占去，但每次最后的胜利，总仍然归那王九。

王九死了十年，老头子在北京城圈子里外表演王九打倒赵四也有了十年，那个真的赵四，则五年前在保定府早就害黄疸病死掉了。

一九三三年九月三日在北平新窄而霉斋

○ ○ ○ 三贝先生家训

年高有德的三贝先生不幸于今年正月初四日“遽返道山”了！这在C城是一种惊人的骚动，重大的损失。当三声落气炮响过后不到五分钟，全县城人便都在纷纷议论他的“平生大节”了。大凡贤者身后，总有一部分不能了解他伟大人格的人，常常立于反对方面加以攻讦诋毁。三贝先生自然也不是例外。也许是他太好——不然，便是C县的舆论太不公允了：你无论走到什么地方，见了一个卖豆腐或卖落花生的小贩，问他“三贝先生如何？”他答复了你所问以外，必定还附带的加一句奚落三贝的话，如“那个啬刻鬼”或“那老怪物”一类言辞。

据说三贝是无疾而终的。还正是一般“积德厚福”人应有的事。不过，从田大伯妈处得来的消息，则又明明是因问他做校长的那个儿子索退抚育费不得而气死的。田大伯妈是与三贝有瓜葛的人。她女婿曾拜寄过三贝隔房堂弟做干崽，大概这话总不是全无把柄！

总之，三贝先生是今年正月初四日午时死去了。是“无疾而终”还是“气伤肚肠”而死的，我们不是应措意的事，很可以不必再过问。倘若是真有那种好揽闲事的人寻根究柢，只指示讣文给看就得了；讣文明明载着“享年七十有八……无疾而终”。

三贝是有钱有势的人，丧事自然是非常之热闹。他第五儿子是现在县署第二科的科员，第六儿子——就是有气死老子嫌疑的那个——又是中学的校长，儿孙又多，因之出殡那一天竟有许多人执绋。有用松柏枝扎成的香亭，有用白布缠就的灵轿，有十来个敲法器的大师傅，有各种无字的脚牌，有朱红绫子的铭旌，有写上“典型犹存”或“里失贤者”的挽联和祭幛，有两堂锣鼓及一队细乐，有一队制服整齐的学生，而且，知事大人也屈尊到送丧。此外，典狱官张四老爷、地方财产保管处田老爷、宋连长、复查局刘局长、初从上海毕业转来的九二先生……都莫不大襟上佩了一朵白纸花，沉肃谨敬地在鼻涕眼泪一把抓的孝子前头走着。警察所长呢，另外又专派了四名着号衣年轻的警兵，随同灵柩左右照料，免得那些打高脚牌、扛祭幛的小孩子，沿途吵嘴滋事。

“好热闹阔绰的丧事！”

当灵柩从道门口菜市过身时，许多妇人、老头子以及卖白菜的老奶和担水卖的哑爷，都带了羡慕神气这样说。

三贝先生生活就是这样结束了，也可谓“生荣死哀”。

不过，人虽死去，但其“嘉言懿行”流传于C城老一辈人口中的却很多很多。大体都极有关于“世道人心”。因此谨就我所知者，摘录一二；至其“出处大节”，则已有C县宿儒方梧庐先生为之作传，兹均不述及。

节抄家训：

过大桥时，应将脚步加速——但亦不必如驰如奔免撞损徐元记之窑货担子——不然，设于此时桥忽圮下，岂不危极险极？桥久不修，年代渊远，适于此时圮下，实亦“事所必至理有固然”者也！

进城时，到城洞下亦应加快一脚，尤其是曾经失火之东门。

并须用双手将脑壳掩护，如此，既可防意外之虞，即或万一猛不知道于彼时从上面掉落一砖头瓦片，亦可因手在上而不致伤脑。至于到城门洞卖羊肉、卖粉条、卖布那种要钱不要命之事情，千万莫去做。最好连买也莫买，即或东西再好，价钱再贱。

有客久坐未动时，应不俟呼唤时时将茶献客。冲茶之水不必顶沸——不沸之水则尤好。若然，客即不知趣硬赖到吃饭后方去，其食量因喝水过多亦必大减。

逢年过节用大荤祀祖——其实不用亦可，不见“采藻明其洁”之训乎？——实在万不得已，最好是用零买法为佳。譬如称肉一斤，则分为四处称，每处四两。如此办法，既可选择皮薄骨少心所欲得之肉，而斤两上亦占便宜不少。

厕房粪坑院中到夏天粪过稀不能售出时，可加以草灰斗许；但应切记将草灰之价同时算入。

……

三贝先生家训多至百余则，而每则均有独到之见解，此处但选其一小部分耳。其行为尤嵚嶔不同于流俗，容当汇次编出，以介绍于“未获亲炙”三贝先生诸读者前。

C县大概是湖南一县，究竟在湖南哪一处，我也不大清白了。至其家训，除为代加标点外，初未敢易去一字。

一九二五年二月中旬作

○ ○ ○ 道师与道场

鸦拉营的消灾道场是完了。锣鼓打了三天，檀香烧了四五斤，素面吃了十来顿，街头街尾竖桅子的地方散了钱，水陆施了食，一切行礼如仪，三天过了，道场做完，师傅还留在小客店里不走，是因为还有一些不打锣不吹角属于个人消灾纳福的事情还未了销的缘故。道场属于个人，两人中，年长一点儿的师兄，自然是无分了。

这师兄，在一面极其不高兴收拾法宝一面为连日疲倦所困打哈欠的情形中，等候了同伴一天。到了第二天清早，睡足了，一个人老早爬起走到街头去，认识这位师兄，见过这人曾穿过红衣在火堆边跳舞娱神的本地人，就问干吗两位师傅还留到这里不走。这问话是没有别的用意的，不过是稍稍奇怪罢了。因为人人都知道新寨初十的道场也是这两人的。他不好怎样答应别人，其他人就想起这必定还有道场要做了。有道场则人人又可以借水陆施食时抢给鬼的粑粑，所以无人不欢喜。师兄看得出本地人意思，心上好笑。“另外还有道场”，他就那么含含糊糊地告给本地方人，但他不说这属于个人的道场是如何做法，却说“有施食”“有热闹看”。若果听这话的人明白这师兄话中的恶意，这两人以后不会再有机会来到这里了。他们也很有理由用石头同棍子把这两个做道场的有法力的人赶走，或者用绳子把人在桅上高吊起来——就是那悬幡的高桅——把荆条竹扫帚相款待。但是，除了王贵为做道场那个人，其余却没有一个本地人能知道这第二次道场是如何起头煞尾。

那第二种道场上没分的师兄，在街上打了一个转，看到大街上数日来燃放的爆竹红纸壳铺满地上，看到每家大门上高贴的黄纸朱书符咒，又看到街头街尾那还不曾撤去的高桅，就满肚子懊恼。他心想，道场是完全白做了，一镇上人的十天吃斋与檀香蜡烛黄花耳子也完全白费了，就又觉得行香那几日来，小乡绅身穿崭新的青羽绫马褂，蓝宁绸袍子，跟到身后磕头为可笑的事情。

但是这个话，他能不能向谁去说明白？这罪过，或者说，这使人消灾纳福的道场，所得的在神一方面的结果，还是不可知，但在人一方面，实在的保佑的程度，他能不能向同伴去追问？凡是本地人，既然不能明白这一次道场究竟用了多少粒胡椒，自然谁也不明白这时这师傅的心上涌着的东西是些什么了。

在路上，他见到一些老妇人向他道谢，就生怒，几几乎真要大声地向这些人说这道场是完全糟蹋精力同金钱的事了。他又想把每家门上那些纸符扯去免得因这一次道场在这地方留下一点儿可笑的东西。他又想打碎了那些响器，仿佛锣、角、铙钹，都因为另一时那么大声地不顾忌地在人神前响过，这时却对于同伴的事沉默，也有理由被摔的样子。

使这人生气的缘由也不尽是因为另外的事与自己无分，就迁怒及一切事物，多耽搁一天，他可以多吃多喝不必走路也不必做事。这多吃多喝不走不做于一个以做道场为生活的人，是应当说再舒服也没有的事了。忙着走，忙着离开这里到另一地方去，也不过就是“念经”“上表”“吃饭”“睡觉”几种事消磨这日子罢了，他何尝是呆子呢？然而见到这地方的每一个人对神的虔诚，见到这地方人对道师的尊敬，见到符，见到……他不由不生气了。

他知道所谓报应是怎样辽远的不准数的一种空话。他又明白在什么情形下做的事比念经上表为有意义。然而不离这地方，他是不能忍受的。不觉得同伴这时当真是在造什么孽。只是说不分明总以为走了就好。他也许作兴同这同伴上了路以后，还会把这自己无分的道场来谈论，引为长途消遣的方法，可是他如今留到这里，决不能忍受的就正是这一件事情。事情是对谁也没有损失，对本人则不消说简直是一件功果，这个人，似乎是良心为这地方的素筵蔬席款待，变得比平常特别变好，如今就正是在那里执行良心分派下来的义务了。

心中有懊恼，他就满街走。

时候不早了。凡是走长路的人，赶场的人，下河挑水的人，全已上道多久了。这个有良心的人，他在街前走了一会儿，下了决心，向神发誓，无论如何不再在这地方吃一顿早饭了，就赶回到那小客栈去。同伴在楼上店主的房中还同主人的女儿在一个床上，似乎还有许多还未了结的事情要做。这师兄，就在楼梯边用粗大的喉咙叫喊。

上面没有声息。

他想楼上总不至于无一个人，也总不至于死，就爬上楼梯。然而一到楼口又旋即倒退下来了，不知看到了什么，只摇头。

楼上有人说话了。楼上师弟王贵的声音说道："师兄，天气还早咧，你为什么不多睡一会儿。"

"我为什么不多睡，你为什么不少睡呢？"

楼上王贵就笑。过一会儿，又说道："师兄，哥，昨天我答应请你吃那个酒，我并不忘记。"

"我并不要你请。"

"不要我请，可是答应了人的事我总不会忘记。"

"但是，你把我们应当在初十到新寨的事情全忘了。"

“谁说我记不到。今天才六号。让我算，有四天呀！有人过新寨赶场，托带一个口信，说这里你我有一件功果没完了，慢点儿也行。哥，我说你性子是太急了。这极不合卫生。哥，你应当保养，我看你近来越加消瘦了。”

听到说是越加消瘦，显着仿佛非常关心的调子，楼下的师兄的心有点儿扰乱了。他右手还扶着梯子的边沿，就用这手抚到自己的瘦颊，且轻轻扯着颊上凌乱无章的长毛。颊边是太疏于整理了，同伴的话就像一面镜，照得他局促不安。

他想着，手上的感觉影响到心上，他记起街南一个小理发馆了。那里刚才转身，就接着有好些人坐在那里，披了白布，一头的白沫，待诏师傅[1]手上的刀沙沙地在这些圆头上作响，于是疤子出现了，发就跌到小四方盘子中：盘是描金画有寿星图的盘，又有木盘，上面是很龌龊，全是腻垢。他还记得一个头上有十多个大疤子的人，一边被剃一边打盹儿的神气。这里看得出人的呆处。

本来是不打量理发的，因为肚中闷气无处可泄，就借理发，他不再与楼上的人说话，匆匆地到街南去了。到了理发馆门前时节，他是还用着因生气而转移成为热与力的莽撞声势，走到这一家铺子里面，毅然坐到那小横凳上去的。

不到一会儿，于是他也就变成那种呆子了。听到刀在头顶上各处走动，这人气已经稍平了，且很愿意躺在什么凉爽干净地方睡一觉。睡是做不到的，但也像旁人一样，有点儿打盹儿的式样了。可是事有凑巧，理发人是施食那时从大花道服前认得到这位主顾是道师的，就按照各处地方理发师的本分与本能，来同他

[1] 待诏师傅：理发匠。

谈话。剃头匠不管主顾这时所想到的是些什么事，就开口问道："师傅，这七月是你们忙的七月呀。"

"我倒不很忙！"他意思是做师兄的不一定忙，忙是看人来的。

那剃头匠见话不起劲，就专心一致用刀刮了他一只耳朵，又把刀向系在柱头上一个油光的布条上荡了一阵，换方向说道："师傅，燃天蜡真是一个大举呀。"

"比这个更费事累人的也还有。"他意思是——剃头匠先是刮左耳，这时右耳又被他捉着了，听到比燃天蜡还有更累人的法事，就不放手，不下刀，脸上做出相信不过的神气，要把这个意思弄明白仿佛才愿意再刮那一只耳朵。

本来是要说，"你去问王贵师傅就可明白"，可是这时耳朵被拉得很痛，他就说："朋友，你剃发和我被剃，好像都比燃天蜡做道场还费事。"说这个时耳朵还是被拉的，听到这话的剃头匠，才憬然觉悟自己谈话的趣味已超过了工作的趣味，应当思量所以"补过"的办法了，就大声地笑，把刀拈在手上，全不节制自己的气力，做着他那应做的事。

这一来，他无福分打盹儿了。他一面担心耳朵会被割破，一面就想到一个人在鲁莽的剃头匠处治下应有的小小灾难或者是命运中注定的事，因为他三个月前已经就碰到类乎今天的一个剃头匠了。

耳朵刮过了，便刮脸。人躺到剃头匠的大腿上，依稀可以嗅到一种不好闻的气味，尤其是那剃头匠把嘴接近脸旁时，气味就更浓。他只把眼闭着，一切不看，正如投降了佛以后的悟空，听凭处治。他虽闭着两眼，却仿佛仍然看得出面前的人说话比做事还有兴味的神情，就只希望赶紧完事。

理发馆门前，写得有口号两句，是"清水洗头""向阳取耳”。头是先就洗了的。待把脸一刮，果然就要向阳取耳了，他告了饶。他说：“我这耳朵不要看。”

“师傅，这是有趣味的事。”

“有趣味下次来吧。我要有事，算了。”

说是算了下次来吧，也仍然不能开释，还有捶背。一切的近于麻烦的手续，都仿佛是还特意为这有身份的道师而举行的，他要走也不行。在捶打中他就想，若是凭空把一个人也仍然这样好意地来打他一顿，可不知这好意得来的结果是些什么。他又想剃头倒不是很寂寞的事，一面用刀那么随意地刮；或捏拳随意地打，一面还可以随意谈话学故事，在剃头匠生活中，每一个人都像是在一种很从容的情形下把日子打发走了。他又想……想到这些的他，是完全把还在客栈中的王贵忘记了的。

被打够他才回到店中。

“哥，你喝这一杯。”王贵把师兄的酒杯又筛满了，近于赎罪，只劝请。被劝请得不大好意思，喝了有好几杯了。

但酒量不高的师兄，有了三杯到肚就显露矜持了，劝也不能再喝，劝者仍然劝，还是口上蜜甜甜地说：“哥，你喝一杯。”

被劝了，喝既不能，说话又像近于白费，师兄就摇头。这就是上半日在南街上被人用刀刮过，左边脑顶有小疤两处的那颗头。因为摇头，见出师兄凛然不可干犯的神气了。王贵向站在身旁的女人说话。这师弟，近于打趣地说道：“瞧，我师兄今天看了日子，把头脸修整了。”

女人轻轻地笑。望到这新用刀刮过的白色起黑芝麻点的光头，很有趣味地注意。

于是师弟王贵又说道：“我师兄许多人都说他年纪比我还

轻，完全不像是四十岁的人。”

师兄不说话，看了王贵一眼，喝了一口酒。把酒喝了，又看了女人一眼。望到女人时女人又笑。

女人把壶拿起，想加酒到师兄的杯里去。王贵抢杯子，要女人酌酒，自己献上，表示这恭敬，一切事有肯求师兄包容的必须。

师兄说话了。他有气。他不忘记离开这里是必须办到的一件事。

“酒是喝了，什么时候动身呢？”

“哥，你欢喜什么时候就什么时候，我是听你调度的。”

“你听我调度，这话是从前的话。”

“如今仍然一个样子。你是师兄，我一切照你的吩咐。”

“我们晚上走，赶二十里路歇廖家桥。”

“那不如明天多走二十里。”

“……”话不说出，啪地把杯子放到桌上了。

“哥，你怎么了？不要生气，话可以说明白的。”

“我不生气。我们是做道场的人，我们有……”

“哥，留到这里也是做道场，并不是儿戏！”

女人听到这里，轻轻打了王贵一拳，就借故走出房去，房中只剩下两人了。

“好道场！他们知道了真感谢你这个人！”

“哥，并不是要他们感谢我来做这事。为什么神许可苗人杀猪杀牛祀天做流血的行为，却不许可我念经读表以外使一个女人快乐？”

“经上并不说到这些。”

“经上却说过女人是脏东西，不可接近。但是，哥，你看，她是脏是干净？”

“女人的脏是看得出吗？”

“不是看就是吃，我也不承认，”说到吃，王贵记起了喝酒，就干了一杯。再筛酒，壶空了。喊，“来，来，小翠，吃的！”

女人又进到房中了。抢了酒壶，将往外窜，被王贵拉着了手往怀里带。

“哥，你瞧。什么地方是不干净？我不明白经上的话的意思。我要你相信我的话，真愿意哥你也得这样一个人，在一种方便中好好地来看一看，吃一吃，把经上的谎话证明。”

师兄无话可说，就只摇头。然而他并无怒意。因为看到女人红红白白的脸，看到在女人胸前坟起的东西，似乎不相信经上的话也不相信王贵的话。

“哥，你年轻得很！要小翠为你找一个，明天再住一天，看看我说的话对不对。雷公不打吃饭人，我们做的事同吃饭一样，正正经经，神是不见责的。”

还是摇头。他本应当在心上承认这提议了。因为心忽然又转了方向，他记得经太多了。

“经上不是说……？”王贵也知道师兄是多念了二十年经的人，就引经上的话。

“经上只说佛如何被魔试炼，佛如何打了胜仗。”

“那你为什么不敢试来被炼一次？”

“话该人拔舌地狱。”

“不会有的，舌子不会在亲嘴另外一事上有被拔去危险。”

“……”这师兄，不说话，却喝酒。

酒喝急了，呛了喉，连声地咳，王贵就用眼示意，要女人为其捶背。

女人走到这道师身边去捏拳打，一旁哧哧地笑，被打的师兄还是无所动心，因为被打同时记起的是刚才到理发铺被打的情形。同是被打，同是使他一无所得，他太缺少世界上男子对女人抽象的性的发泄的智慧了。

说是目不旁视的君子吧，他也不到这样道学的。不过无论何时这师兄他总觉得他自己是自己，女人是女人，完全为两样东西，所以这时虽然女人在身边，还做着近于所谓放肆的事情，他也不怎样难过。

顽固的心是只有一件事可以战胜的，除了用事实征服无办法。王贵就采用这方法了。他把女人抱起，用口哺女人的酒。他咬女人的耳朵、鼻子、头发，复用手做成一根带子，围在女人的身上。他当到这顽固的师兄做着师兄所不熟悉的事情，不像步斗踏星，不像念咒咬诀，开着怕人的玩笑，应知道的是师兄已经有了一些酒到肚中，这个人渐渐地觉得自己心是年轻人的心了。

他不知不觉感到要多喝几杯了。

在另一方面的人，却不理会师兄，仿佛除在两人外没有旁人在身边的样子，他们笑着吃酒，交换着拿杯子，交换着，做着顶顽皮顶孩子气的各样行为。

他们还互相谈着有一半是很暧昧字言的话语，使他只能从这些因言语而来的笑声中领悟到一小部分所谈是什么事。然又正因所能领悟的一小部分可以把他苦恼，他就不顾一切地喝酒。一壶酒是小翠新由外面柜上取来，这师兄，全不客气地喝，行为真到另一时自己想起也非吃惊不可的放荡行为了。他把头低下。不望别人的行为，耳朵却听到如下面的话。

听到王贵说："小翠，你为什么不像我说那个办？……你量小，又饿。吃够了即刻又放手。……你不那样怎么行？"

听到女人笑了又笑，才在笑声中说："我以为你只会念经。"

师弟又说："师兄吗？别看他那样子。……"

女人又说："你总说你师兄是英雄。"

师弟又说："你看他那鼻子。"

女人又说："我拧你鼻子。"

师弟似乎被拧了，噫噫作声。这师兄，实在已九分醉了，抬起头来，却不曾见师弟脸边有一只手。他神色惨沮地笑着，全身不自然地动着，想站起身到客房去睡觉。

那师弟，面前无一物，却还是继续噫噫作声。"鼻子"有灾难，这师兄，忽然悟出这意义了，把头缓缓地左右摇摆，哑声地说道："明天也不走了。后天也不走了。我永远也不走了。"

"哥，你醉了。"

"我醉了，我才不！你们对不起我。……你们是饱了。我要问你们，什么是够！……你们吃够了……你们快活！……吃你，咬你，你这个小嘴巴的女人！"

说着，他隔桌就伸了一只手，想拉着女人的膀了。手拉了空，他站起身，扑过来了。女人还坐在师弟身上，就跳下躲到门背后去。

这师兄，跌到地板上了，摊下如一堆泥，一到地下就振作不起了，师弟蹲身下去想把他扶起，颈项就被两条粗粗的手臂箍着。

"哥，不要这样，这是我！"

"是你我也要咬你的鼻子下来。我讨厌你这鼻子。"

他把一切事已经完全忘记了。在梦里，这师兄梦到同人上山赶野猪，深黄色长獠牙的老野猪向大道上冲去，迅速像一支飞空的箭，自己却持定手板宽刃口的短矛，站立在路旁，飞矛把它掷到野猪身上去，看到带了矛的野猪向茶林里跑去。他又梦到在大滩上泅水，滩水如打雷，浪如大公牛起伏来去，自己狎浪下滩，脚下还能踹鱼类。他又梦到做水陆大道场，有一百零八和尚，有三十六道士，有一次焚五斤檀香的大香炉，有二十丈高的殿柱，有真狮真豹在坛边护法，有中国各处神仙的惠临，各处神仙皆坐白鹤同汽车等等东西代步，神仙中也有穿极时髦服装的女子，一共是四五个。

他望到女神仙之一发愣，且仿佛明白这是做梦，不妨稍稍撒野，到不得已时，就逃回真实。他于是向女神仙扯谎，请她到后坛去看一种法宝，自然女神仙是不拒绝请求，他就引她到了后坛。谁知一到后坛，却完全是荒坟，他明白是神仙生了气，两脚一抖，他醒了。

他醒后觉得口渴，还不明白是睡到什么地方，就随意地喊茶。一个人，于是把茶壶的嘴逗到人的嘴边了，咕咕地吸了半壶苦茶，他没有疑惑自己环境的必要，不一会儿又入另一梦境了。

他又梦到……

比念经还须耐心，比跳舞还费气力，到后是他流了汗。

人是完完全全醒了。天还不发白，各处人家的长鸣鸡正互相传递的报晓，借了房中捻得细小的油灯，他望到床边坐得一个人，用背身对了醉人。他还不甚相信。就用手去拉，拉着了衣角，人便回头了。

“你干吗来的？”

“没有干吗！你醉了，小翠要我来照扶，怕你半夜呕。”

“我不是已经呕过了吗？”

“说什么？”

“刚才那种呕。”

“呕吗？吓，癫子。”

这师兄，明白先一次类乎吐呕的事不与这时女子相干了，才觉悟梦中的不规矩还不曾为女人看破，私心引为幸事。但是，稍过一会儿，女人又把茶壶拿来了，他坐起，用手抱壶，觉得壶很冷，一些不经意的知识却俨然有用处了，他不喝冷茶。冷的不吃，热的则纵不是茶也仿佛不能拒绝，他要女人把灯捻明，好详详细细欣赏床头人的脸。

他要她坐拢来，问她年岁、姓名，末了也不问女人愿不愿意听，就告她先一时所做的梦是些什么事。

女人说：“我以为你们道师做梦也只是梦到放焰口施食！”

他就不分辩，说：“是呀，一个样子，时间并不短。”

第二天早上约十点钟光景。师弟王贵在房外说话，他说：“师兄，怎么样？”

里面没有回声。他醒了，有意不答，口无闲空。王贵又把声音放大，像昨天被师兄喊时，说：“哥，上路！”

本来是清醒也仍半迷糊着，听到“上路”，人便返元归真了。他坐起了身，他就问：“王贵，是你吗？”

“唉，是我。昨夜觉得怎么样？”

“你这人是该入泥犁狱的。”

“就是推磨狱也行吧。我问你，今早上不上路？”

“……”

“到底上不上路？”

里面的师兄，像是同谁在商量这事情，过了一会儿才说：“今天七号。”

王贵笑了，笑的声音说：“是七号，师兄。我们十号到新寨的法事我们应不忘记。还有天早应当多赶二十里路，那是你昨天说的。”

师兄在里面笑了。

他笑了一会儿。这人想走是不走了，看如何答话。

稍过，他以为王贵会转身到别处去，不再在房外了，就与身边人做着经上所谓吻与吻接的鸟兽之戏，小小的声音已为外面的人所闻。

“师兄，天气不早了，漱口念经，青天白日不是适宜放肆的时间，我们上路吧。”

那师兄又不作声了。

王贵撞进了房，师兄用被蒙了头，似乎这样一来，做师弟不必说话就应肩扛法宝先自上路了。然而王贵却问巧巧，“怎么样。”巧巧不说话，含羞地装睡不醒，但即刻咕地笑了。

师弟走出房去，带上了门，大声地对用被蒙头的人说道：“哥，我搭信到新寨去，告他们首事人说这里还有事情，你我都忙，所以不能分身，新寨的道场索性不做了。”

师兄哑口不答。在这个人心中，是正想引经上的话骂王贵侮慢佛祖应入火狱的，可是他这时，自己把被蒙头蒙半天，身上发烧，一个人发烧时做糊涂梦，又在他心上煽动起一种糊涂欲望了。

鸦拉营消灾道场全街竖了两枝桅，若照到这师兄昨天见解，这桅杆用处还可把法师高吊起来示众，今天是两枝桅也有了用处了。但这个时候桅杆下正有小乡绅，身穿蓝布长袍子站在旁边督率工人倒桅，工人则全露着有毛的手肘，一面唱着杭育努力扳动，没有人想到这桅若果留下来也还有别的用处。

一九二九年作

○ ○ ○ 更夫阿韩

我们县城里，一般做买卖的，帮闲的，夫子们，够得上在他那姓下加上一个“伯”字的，这证明他是有了什么德行，一般人对他已起了尊敬心了。就如道门口那卖红薯的韩伯，做轿行生意的那宋伯等是。

这伯字固然与头发的颜色与胡子的长短很有关系，但若你是平素为人不端，或有点儿痞，或脾气古板，像卖水的那老杨，做包工的老赵，不怕你头发已全白，胡子起了纽纽，他们那娘女家，小孩子，还不是只赶着你背后“烂脚老杨唉！送我一担水”“赵麻子师傅，我这衣三天就要的啦”那么不客气地叫喊！你既然没有法子强人来叫一声某伯，自然也只好尽他那些人带着不尊敬的鼻音叫那不好听的绰号了。

这可见镇箪人对于“名器不可滥假于人”这句话是如何的重视。

在南门土地堂那不须出佃钱的房了住身的阿韩，打更是他的职业。五十来岁的人了，然这并不算顶老。并且，头发不白，下巴也是光秃秃的。但也奇怪！凡是他梆子夜里所响到的几条街，白天他走到那些地方时，却只听见“韩伯，韩伯”那么极亲热地喊叫。他的受人尊视的德行，要说是在打更的职务方面，这话很觉靠不住。他老爱走到城门洞下那卖苞谷子酒的小摊前去喝一杯。喝了归来，便颠三倒四地睡倒在那土地座下。哪时醒来，哪时就将做枕头的那个梆取出来，比敲木鱼念经那大和尚还不经心，到街上去乱敲一趟。有时二更左右，他便糊里糊涂“乓，乓，乓乓”，连打四下；有时刚着敲三下走到道台衙门前时，砰的听到醒炮[1]响声，而学吹喇叭的那些号兵便已在辕门前“哒——哒——”地鼓胀着嘴唇练音了。

这种不知早晚的人，若是别个，谁家还再要他来打更？但大家却知道韩伯的脾气，从不教训过他一次。要不有个把刻薄点儿的人，也不过只笑笑地骂一句“老忘晕[2]了的韩伯”罢了。

那时，他必昂起头来，看看屋檐角上的阴白色天空“哦！亮了！不放醒炮时倒看不出……”接着只好垂头丧气地扛着他那传家宝慢慢地踱转去睡觉。走过杨喜喜摊子前，若是杨喜喜两口子已开了门，在那里揉面炸油条了，见了他，定会又要揶揄他一句“韩伯，怎么啦？才听到你打三更就放醒炮！晚上又同谁个喝了一杯吧？”

“噢，人老了。不中用了。一睡倒就像死——”他总笑笑地用自责的语气同喜喜两口子说话。

有时候，喜喜屋里人很随意地叫一声“韩伯，喝碗热巴巴的猪血去！”他便不客气地在那脏方桌边一屁股坐了下去。客气，是虚伪。客气的所得是精神受苦与物质牺牲；何况喜喜屋里人又是那么慷慨大方。

然而他的好处究竟在什么地方呢？就是因他和气。

他的确太和气了。

他没有像守城的单二哥那样，每月月终可到中营衙门去领什

[1] 醒炮：起床的炮讯。在凤凰，这系清代辰沅道旧制，沿袭到民国期间。

[2] 老忘晕：老糊涂。

么饷银：二两八钱三的银子，一张三斗六升的谷票。他的吃喝的来源，就是靠到他打更走过的各户人家——也可说听过他胡乱打更的人家去捐讨。南街这一段虽说不有很多户口，但捐讨来的却已够他每夜喝四两苞谷烧的白酒了。因为求便利的缘故，他不和收户捐的那样每月月终去取；但他今天这家取点儿明天那家取点儿来度日。估计到月底便打了一个圈子。当他来时，你送他两个铜元，他接过手来，口上是“道谢，道谢”，一拐一瘸地走出大门。遇到我对门张公馆那么大方，一进屋就是几升白米，他口上也还只会说“道谢，道谢”。

要钱不论多少，而表示感谢则一例用“道谢”两字，单是这桩事，本来就很值得街坊上老老小小尊敬满意了。

我们这一段街上大概是过于接近了衙门的缘故吧，他既是这么不顾早晚地打更，别的地方大嚷捉贼的当儿，我们这一节却不听到谁家被盗过一次。虽说也常常有南门坨的妇人满街来骂鸡，但这明明是本街几个人吃了。有时，我们家里晚上忘了关门，他便乒乓地一直敲进到我院子中来，把我们全家从梦中惊醒。

“呵呵！太太，少爷，张嫂，你们今夜又忘记闩门了！”

他的这种喊声起时，把我们一家人都弄得在被单中发笑了。这时妈必叫帮我的张嫂赶紧起来闩大门，或者要我起来做这事。

“照一下吧！”

“不消照，不消照，这里有什么贼？他有这种不要命的胆子来偷公馆？”

“谢谢你！难得你屡次来照看。”

“哪里，哪里——老爷不在屋，你们少爷们又躲，我不帮到照管一下，谁还来？”

“这时会有四更了？”

“嗯，嗯，大概差不多。我耳朵不大好，已听不到观景山传下来的柝声了。”

我那么同他说着掩上了门，他的梆声便又乓乓地响到街尾去。

直到第二天，早饭桌上，九妹同六弟他们，还记到夜来情形，用筷子敲着桌边，模拟着韩伯那嘶哑声音“呵呵！太太，少爷，张嫂，你们今夜又忘记闩门了！”

这个“又”字，可想而知我大院子不知他敲着梆进来过几多次！

“韩伯，来做什么？前几天不是才到这要钱！”顽皮的六弟，老爱同他开玩笑，见他一进门，就拦着他。

“不是，不是，不是来讨更钱。太太，今天不知道是哪里跑来一个瘦骨伶精的躲叫花子，倒在聂同仁铺子前那屠桌下坏掉了。可怜见，肚皮凹下去好深，不知有几天不曾得饭吃了！一脑壳癞子，身上一根纱不有，翻天睡到那里——这少不然也是我们街坊上的事，不得不理……我才来化点儿钱，好买副匣子殓他抬上山去。可怜，这也是人家儿女！……”

韩伯的仁慈心，是街坊上无论哪个都深深相信的。他每遇到所打更的这一段街上发生了这么一类事情时，便立即把这责任放到自己肩上来，认真一把鼻涕一把眼泪洒着走到几家大户人家来化棺木钱；而结实老靠，又从不想在这事上叨一点儿光，真亏他！但不懂事的弟妹们，见到妈拿二十多个铜子同一件旧衣衫递过去，他把擦着眼睛那双背背上已润湿了的黑瘦手伸过来接钱时，都一齐哈哈子大笑。

“你看韩伯那副怪样子！”

“他流老猫尿，做慈悲相。”

“又不是他小韩，怎么也伤心？”

“……”

弟妹们是这么油皮怪脸地各人用那两个小眼睛搜索着他的全身。他耳朵没有听这些小孩子说笑的闲工夫，又走到我隔壁蔡邋巴家去募捐去了。

过年来了。

小孩子们谁个不愿意过年呢。有人说中国许多美丽佳节，都是为小孩的，这话一点儿不错。但我想有许多佳节小孩子还不会领会，而过年则任何小孩都会承认是真有趣的事！端午可以吃雄黄酒，看龙船；中秋可以有月饼吃；清明可以到坡上去玩；接亲的可以见到许多红红绿绿的嫁妆，可以看那个吹唢呐的吹鼓手胀成一个小球的嘴巴，可以吃大四喜圆子；死人的可以包白帕子，可以在跪经当儿偷偷地去敲一下大师傅那个油光水滑的木鱼，可以做梦也梦到吃黄花耳子；请客的可以逃一天学；还愿的可以看到光兴老师傅穿起红缎子大法衣大打其筋斗，可以偷小爆仗放——但毕竟过年的趣味要来得浓一点儿且久一点儿。

眼看到大哥把那菜刀磨得亮晃晃的，二十四杀鸡敬神烧年纸时，大家争着为大哥扯鸡脚。霍地血一流到铺在地上的钱纸上面，那鸡用劲一抖，脚便脱了手。这时九妹也不怕鸡脚肮脏，只顾死劲捏着。不一会儿，刚刚还伸起颈子大喊大叫的鸡公，便老老实实地卧到地下了。它像伸懒腰似的，把那带有又长又尖同小牛角一般的悬蹄的脚，用劲地抖着，直杪杪的一直到煮熟后还不弯曲。

这一个月一直到元宵，学校不消说是不用进了。就是大年初一，妈必会勒到要去为先生拜年。但那时的先生，已异常和气，不像是坐在方桌前面，雄赳赳气呼呼拍着界方，要我们自己搬板凳挨屁股的样子了。并且师母会又要拉到衣角，塞一串红绒绳穿就的白光制钱，只要你莫太跑快让她赶不上，这钱是一定到手的。

……

这时的韩伯？他不像别一个大人那么愁眉苦眼摆布不开的样子；也不必为怕讨债人上门，终日躲来躲去。他的愉快程度，简直同一个享福的小孩子一样了。

走到这家去，几个粑粑；走到那家去，一尾红鱼——而钱呀，米呀，肥的腊肉呀，竟无所不有。他的所费就是进人家大门时提高嗓子喊一声“贺喜”！

家家把大门都洗刷得干干净净，如今还不到二十七夜，许多铺板上方块块的红纸金字吉祥话就贴出来了。大街上跑着些卖喜钱门神的宝庆[1]老，各家讨账的都背上挂一个毛蓝布褡裢……

阿韩看到这些一年一次的新鲜东西，觉得都极有意思。又想到所住的土地堂，过几日便也要镇日镇夜灯烛辉煌起来，那庄严热闹样子，不觉又高兴起来，拿了块肥腊肉到单二哥处去打平和[2]喝酒去了。

土地堂前照例有陈乡约来贴一副大红对联。那对联左边是“烧酒水酒我不论”，右边便对“公鸡母鸡只要肥”。这对子虽然旧，但还俏皮；加之陈乡约那一笔好颜字；纸又极大，因此过路的无有不注意一下。阿韩虽不认到什么字，但听到别人念那对

[1] 宝庆：地名，今湖南邵阳市。

[2] 打平和：打平伙，各人凑钱物在一起吃喝。

子多了，也能“烧酒水酒，汾酒苏酒……”地读着。他眉花眼笑地念，总觉得这对子有一半是为他而发的。至于乡约伯伯的意思，大概敬神的虔诚外，还希望时时有从他面前过身的陌生人“哦，土地堂门前那一笔好颜字！”那么话跑进他耳朵。

这几天的韩伯连他自己都不晓得是一个什么人了。每日里提着一个罐子，放些鱼肉，一拐一瘸地颠到城头上去找单二哥对喝。喝得个晕晕沉沉，又踉跄地颠簸着归来。遇到过于高兴，不忍遏止自己兴头时，也会用指头轻轻地敲着又可当枕头又是家业的竹梆，唱两句“沙陀国老英雄……”

“韩伯，过年了，好呀！”

“好，好，好，天天喝怎么不好。”

“你酒也喝不完吧？也应得请我们喝一杯！”

“好吧——咦！你们这几天难道不喝吗？老板家里，大块大块的肉，大缸大缸的酒，正好不顾命地朝嘴里送……”

每早上，一些住在附近的铺子上遣学徒们来敬神时，这些小家伙总是一面插香燃烛，把篮子里热气蒸腾的三牲取出来，一面同韩伯闹着玩笑。学徒们口里是没事不惯休息的，为练习做买卖，似乎这当子非铺柜上的应酬也不妨多学一点儿。其实他们这几日不正像韩伯所说的为酒肉已胀晕了！

这半月来韩伯也不要什么人准可，便正式停了十多天工。

一九二六年五月四日作于窄而霉小斋

○ ○ ○ 阿金

黄牛寨十五赶场，鸦拉营的地保，在场头上一个狗肉铺子里，吃过一斤肥狗肉，喝过半斤苞谷烧，格外热心好事，向一个预备和寡妇结婚的好友阿金进言。这地保说话的本领，原同他吃狗肉的本领一样好，成天不会履足。又好像是由于胃口好，话也格外多。

“阿金管事，我直得同一根葱一样，把话说尽了。听不听全在你。我告你的事是幺是六，清清楚楚。事情摆在你面前，要是不要，你自己决定。你已经不是小孩子。你懂得别人不懂的许多事情——譬如扒算盘，九九归一，就使人佩服。你头脑明白，不是醉酒。你要讨老婆，这是你的事情，不用别人出主意做军师。不过我说，女人脾气不容易捉摸。我们看过许多会管账的人，管不了一个老婆，家里有福不享福，脚板心痒痒的，闪不知，就跟唱花鼓戏的旦角溜了。我们又得承认，许多大人带兵管将有作为，有手段，独断独行，威风凛凛，一到女人面前就糟糕。为什么巡防军的游击大人，被官太太罚跪到榻凳上，笑话会遐迩尽知？为什么有人说我们县长怕老婆，还拿来扮戏？为什么在鸦拉营地方为人正直的阿金，也有一天吃妇人洗脚水？这事情你不怕人说，难道我还怕人说？”

地保一番好心好意告给阿金，反复引古证今，说有些人不宜讨媳妇，和个小铜锣一样，尽在耳边敲得当当响。所谓阿金者，这时节似乎有点儿听厌烦了，站起身来，正想拔脚走去，来个溜之大吉。

地保眼尖手快，隔桌子一手把阿金捞着，不即放手。走是不行的了。地保力气大，有武功，能敌得过两个阿金。

“兄弟你别着急！你得听完我的好话再走不迟！我不怕人说我有私心，愿意鸦拉营正派人阿金做地保的侄女婿。谣言从天上来，我也不怕。我不图财，不图名，劝你多想一天两天。你为什么这样忙？我的话你不能听完，耳边风，左边来右边出去，将来你能同那女人相处长久？”

阿金带着告饶神气：“我的哥，你放手，我听你说！”

地保笑了。他望阿金笑，自知以力服人非心服。笑阿金为女人着迷到这样子，全无考虑，就只想把女人接进门，真像吃了什么迷魂汤。又笑自己做老朋友的，也不很明白为什么今天特别有兴致，非把话说完不可。见阿金样子像求情告饶，倒觉得好笑起来了。不拘是这时，是先前，地保对阿金原本完完全全是一番好意，不存丝毫私心的。

除了口多，爱说点儿闲话，这地保在鸦拉营原被所有人称为正派的。就是口多，爱说说这样那样，在许多人面前，也仍然不算坏人啊！一个地保，他若不爱说话，成天到各处去吃酒坐席，仿佛一个哑子，地保的身份，还在什么地方可以找寻呢？一个知县的本分，照本地人说来，只是拿来坐轿子下乡，把个一百四十八斤重结结实实的身体，给那三个轿夫压一身臭汗。一个地保不长于语言，可真不成其为地保！

地保见阿金重复又坐定了后，他把拉阿金那一只右手，拿起桌上的刀来就割，割了就往口里送（割的是狗肉）。他嚼着那油肥肥的狗肉，从口中发出咀嚼的声音，把眼睛略闭了一会儿，又复睁开，话又说到了阿金婚事的得失。

……

总而言之，他要阿金多想一天。就只一天，老朋友的建议总不能不稍加考虑！因为不能说不赞成这件事，这地保到后来方提出那么一个办法，凡事等“明天”再说。仿佛这一天有极大关系存在，一到明天就“革命”似的，使世界一切发生了变化，天下太平。这婚事阿金原是预备今晚上就定规的。抱兜里的钱票一束，就为的是预备下定钱做聘礼用的东西。这乡下人今年三十三岁，手摸钞票、洋钱摸厌了，如今存心想换换花样。算不得是怎样不合理的欲望！但是禁不住地保用他的老友资格一再劝告，且所说的只是一天的事，只想一天，且想不想还是由自己，不让步真像对不起这好人。他到后只好答应下来了。

为了使地保相信——也似乎为了使地保相信方能脱身的原因，阿金管事举起酒杯，喝了一杯白酒，当天赌了个咒做担保，说今天不上媒人家走动，绝对要回家考虑，绝对要想想利害。赌过咒，地保方面得了保障，到后更满意地微笑着，近于开释似的把阿金管事放走了。

阿金在乡场上，各处走动了一阵。今天苗族女人格外多。各处是年轻的风仪，年轻的声音，年轻的气味。因此阿金更不能忘情粑粑寨那年轻寡妇。粑粑寨这个年轻女人是妖是神，比酒还使人沉醉，要不承认是不行的。这管事，打量讨进门的女人，就正是一寨中身体顶壮、肌肤顶白的一个女子！

在别的许多地方，一个人有了点儿积蓄时，照例可以做许多事情。或者花五百银子，买一只名叫“拿破仑”的狼狗；或者花一千银子，买一部宋版书。这样那样，钱总有个花处，花得又开心又得体。还有做军官的杀了许多人，得了许多钱，又把钱嫖赌逍遥，哗啦哗啦花去，也像是悖人悖出，都十分自然。阿金是苗人，生长在苗地，他不明白这些城里人事情。他只按照一个当地平常人的希望，要得到一种机会，将自己的精力和身边储蓄，用在一个妇人身上去。精致的物品只合那有钱的人享用，这句话凡是世界上所有用货币的地方都通行。这妇人的聘礼值五头黄牛，凡出得起这个价钱做聘礼的人，都有做她丈夫的资格。阿金管事既不缺少这份金钱，自然就想要这个结实精致、体面的妇人到家做老婆。

妇人新寡不多久，婆家照规矩可以让她走路，但是得收回一笔财礼。人在本地出名的美丽。大致因为美，引起了许多人的不平。许多无从和这个妇人亲近的汉子中，就传述了一种只有男子们才会有的谣言。地保既是阿金的老友，因此一来，自然就感到一份责任了。地保奉劝阿金，不是为自己有侄女看上了阿金，也不是自己看上了那妇人，这意思是得到了阿金管事谅解的。既然谅解了老友，阿金当真觉得不大方便在今天上媒人家了。

知道了阿金不久将为那美妇人的新夫的大有其人。这些人，今天同样地来到了黄牛寨场上会集，见到阿金就问："阿金管事，什么时候可吃喜酒？"这正直乡下人，在心上好笑，随口说是"快了吧，一个月以内吧"。答着这样话时，阿金管事显得非常快乐。因为照本地规矩，一面说吃酒，一面就有送礼物道贺意思。如今刚好进十月，十月小阳春，山桃也开了花，正是乡下各处吹唢呐接亲送女的一个好季节。

说起这妇人，阿金管事就仿佛挨到了妇人的白肉，或亲着了妇人的脸，有说不出的兴奋快活。他的身子虽在场坪里打转，他的心还是在媒人家那一边。人家那一边也正等待阿金一言为定。

虽然赌了小咒，说决定想一天再看，然而事情终归办不到。“驿马星”已动，不由自主又向做媒那家走去了。走到了街的一端狗肉摊前时，却迎面遇见了好心的地保，把手一摊，拦住了去路。

“阿金管事，这是你的事情，我本来不必管。不过你答应了我想一天！”

原来地保鬼灵精，预先等候在那里。他知道阿金会翻悔的。阿金一望到那个大酒糟鼻子，连话也不多听，就回头拔脚走了。

地保一心为好，候在那去媒人家的街口，预备拦阻阿金，这关切真来得深厚。阿金明白这种关切意思，只有赶快回头走路。

他回头时就绕了这场坪，走过卖牛羊处去，看别人做牛羊买卖。认得到阿金管事的，都来问他要不要牛羊。他只要人。他预备的是用值得五只黄牛的银钱，换一个身体肥胖胖白蒙蒙的、年纪二十二岁的妇人。望到别人牛羊全成了交易，心中有点儿难过，不知不觉又往媒人家路上走去。老远就听得那地保和他人说话的声音，知道那好管闲事的人还坚守在阵地上，简直像狗守门，所以第二次又回了头。

第三次已悄悄走过了地保身边，却被另一人拉着讲话，所以终于又被地保发现，赶来一手拉住。又不能进媒人家里。

第四次他还只起了心，就有另一个熟人来奉告，说是地保还端坐在那狗肉摊边不动，和人谈天，谈到阿金赌咒的事情。阿金便不好意思再过去冒险了。

地保的好心肠的的确确全为的是替阿金打算。他并不想从中捞光，也不想拆散鸳鸯。究竟为什么不让阿金抱兜中洋钱送上媒人的门，是一件很不容易明白的事。但他总有他的道理。好管闲事的脾气，这地保平素虽有一点儿，也不很多，恰恰今天他却多喝了半斤“闷胡子”，吃了斤“汪汪叫”，显得特别关心阿金的婚事。究竟什么缘故？因为妇人太美，麻衣相书上写明“克夫”。老朋友意思，不大愿意阿金勤苦多年积下的一注财产、一份事业为一个相书上注明克夫的妇人毁去。

为了避开这麻烦，决计让地保到夜炊时回家，再上媒人家去下定钱。阿金管事无意中走到场坪端赌场里面去看看热闹。一个心里有事情的人，赌博自然不大留心。阿金一进了赌场，也同别的许多人一样，由小到大，很豪兴地玩了一阵。到得出来时，天当真已入夜了。这时节看来无论如何那个地保应当回家吃红炖猪脚去了。但是阿金抱兜已空，翻转来看，还是罄空尽光，所有钱财既然业已输光，好像已无须乎再上媒人家商量迎娶了。一切倒省事，什么忌讳都是多余的担心！

过了几天，鸦拉营为人正直热情的地保，在路上遇到那为阿金做媒的人。问起阿金管事的婚事究竟如何。媒人说阿金管事出不起钱，妇人已归一个远方绸商带走了。亲眼见到阿金抱兜里一大束钞票的地保，还以为必是好友阿金已相信了他的忠告，觉得美妇人不能做媳妇，因此将做亲事的念头打消了，假装没钱，不再定约。地保还自以为自己做了一件很对得起朋友的事情，即刻就带了一大葫芦烧酒，走到黄牛寨去看阿金管事，为老朋友的有决断致贺。

一九二八年十二月写成
一九五七年三月一日校正

○○○失业

还不是忙的时候，局子里怪清静，人怪闲。新近接事不久的长途电话局管理员大忍，坐在墙角隅，管着那个传递文明的古怪机器——白瓷盘儿、铜条子儿、钉儿点儿、线儿丝儿，以及一串小灯泡，心中纳闷。他有点儿睡眠不足，消化不良，又似乎正在生谁的气。是的，他有点儿生气。一份新的生活压着他很沉重、很紧，他为这个生气。他正在写他的日记，记载昨天下午一个兵士打电话催烟款，和商贩相骂的一段情形。军人与烟贩合作，把毒物派销到县里，商人照例是个二八回扣。到时烟款不能缴足，一面急于要钱，一面无从设法，结果两面从电话里说不清楚，只得破口大骂。——就是那么回事！和这种事相差不多的，每天有一件两件。

那日记上写着一片糊涂的言语，写了一段，他自己看看，很生气，还打量继续写下去的也不再写了，就顺手把前些日子写下的翻开来看看。

……说不明白是什么气运，我竟会来到这小县份里做电话局管理员。做这件事得有多大一个肚子，才装得下所受的闷气！这也是人干的？纵横数百里内牵上从外洋来的铜丝，各处冲要地方装上这种复杂接线机同传话机，“哈罗”“哈罗”“好呀”“好呀”，工程师把“文明利器”装好，通了话，全无毛病，回省城同哇哇洋行办交涉分回扣去了。于是这方面择吉开张，县长、传达、肉铺掌柜的、王三家跛子老婆、娘娘庵尼姑，不拘哪一位掏出两角钱，“先生，你背章程给我听，我要接……”“我这里只八十四个铜子，少四大枚，先生，你做好让我几个钱，接一接，我少说句话吧。”你要他自己读章程吧，不成，教育还不普及，王大娘不认识字。你要把钱凑足数吧，可怜的事，宋三嫂子那八十四枚还正是各处凑来的。衙门的事更不好办，接慢了，那县公署传达会打官腔说你“延误公事”，哪怕算印子钱也是公事。还有军队里大爷们的电话，一开口说是：“接线的，你妈个东西，耳朵被鸡巴塞住了？”告他耳朵只是被嘴上的话堵住吧，那就有数。好好地告他原因，这些人可不是要明白原因的人。这是些日常挨骂挨打，立正站岗，剿匪骂娘，每月领三块四毛饷项，毫无正当职业，古里古怪活在中国叫作“副爷”的人物！中华民国南北各省，有上百万这种人物，鬼知道他们是怎么来的，对国家有什么用处。

这是训练人明白做中国人的一个真的大学校。我应当学下去，我应当忍劳耐苦学下去。这职业将告给我中国是什么样子，有些什么。想在中国活下去的人，得明白多数人如何在那里活……

管理员大忍，还只是个年纪二十一岁的小伙子，刚从省立高中毕业，毕业后不即升学，一脑子事业理想，一脑子工作热忱，一脑子书生气。恰好省里注重建设，长途电话网刚装好，公开招考职员，六百人中拔取三十名，那么拔萃拔优挑出来。中了选，才分发到这小县城来办事。多少人羡慕这个有保障有出息的好职业，多少人希望这位置却抢不到手！

事实上呢，这职业很可说是宜于为其他人歆羡的。如像那种愿意在社会上多学点儿，有勇气准备认识“人生”，而又期望将来用他的脑子同手过写作生涯的人，对这种人，这真是再好没有的机会了。请想想，难道还有别的人比这个长途电话局管理员的耳朵更有人生经验？这是一个地方腐烂的灵魂交换总机关，什么下流话下流事瞒得过接话人？什么新鲜古怪事情不知道？尤其是那几个衙门，凡关于衙门里的玩意儿，纳贿，舞弊，以多报少，作奸犯科，打官司讨价还价……一切不名誉而在目下中国又公认为极其自然的种种事情，需要由电话中打商量办交涉的，谁都明白这事瞒天瞒地，可不能瞒电话局的办事人。

也就因此，一县里各机关全愿意同电话局要好，把电话局办事的当作个心腹知己，对管理员虽时常一面无理麻烦，一面还是客客气气。

至于平民，则这些人正因为无知识，还不配使用这个文明利器，虽事事同管理员打麻烦，然而对于管理员也怀了一种畏惧，正如同他们对于邮政局电报局的办事人员一样，不怕官，只怕管。电话局虽两毛钱一回给他们传话，却可以管住他们说话。用“没有空线”和“时候到了”对抗那种好麻烦人的人，不管你是乡巴佬或是城里人，奈何他不得。使电话局职员束手的是兵，但兵的事情却全盘在电话局管理人手里。

这管理员想起昨天军队剿匪的报告，心里大不舒服。看看时间还差三点多钟方有生意忙，就走出了办事室，到外面去看看街。电话局对面一家面粉铺，一个大胖子掌柜站在一张板凳上，小学徒扶着凳脚，正准备做周年纪念大减价的纸招。几个无事混的闲汉子，皆在街上袖手看热闹。街东有一个水塘，一个妇人正赶鸭子过街，似乎送鸭子下水。一个穿灰军装的副爷忽然从弄里跑出来，装作很惊讶的神气，对那五只鸭子看了一会儿，看中了意后，又看看妇人，估计出了办法，便很勇敢地大踏步走过去追赶那鸭子，一面说："嘿，老子哪里不找到你，你这扁毛畜生会飞，居然飞到这个地方来了！"

妇人一看情形不对，就跟着兵士身后追数："怎么，怎么，副爷，你抢我鸭子！不成，这是我的！"

兵士眼尖手快，其时已捞着一只白毛鸭子的颈子。"这是我的！你偷我的鸭子，我要问你个收买赃物的……"

妇人尖声地大嚷："不成，不成，副爷，你不能拿走，这是我的！我亲手养大的！"

那兵士也便同样大声嚷着："你养大的，是你肚子里养大的？你个婊子婆娘，偷了我鸭子，还说谎，同我过东岳宫去！"

东岳宫是十殿阎王的衙门，如今却正驻扎有川军四十五军百×十团队伍。妇人稍稍愣了一阵，那兵士趁机抱着鸭子装着气愤不过，却走去了。妇人于是坐在塘边地上幽幽地哭将起来。看热闹的汉子走过妇人身边去，知道是怎么回事，有些还笑笑的。妇人拭去眼泪，却和一个熟人说起这件事情。熟人怕事，看看四边："嫂了，算了吧。鸭子又不会说话，到衙门找包公也不济事！戏台上包公可不管我们城里事情！"

电话局那一个也走过妇人身边去，妇人却不哭了。有谁开口问："这鸭子可真是你的？"

妇人说："怎么不是我的！五只一伙儿，可不是一模一样！"

"是你的你去要回来！上衙门喊冤去！"

"我去，他们会打我踢我。我怕他们打我。算了，青天白日见鬼。”妇人仿佛用宿命观安慰着自己，一面便轻轻地骂着，“粮子上人全是抢匪、强盗，挨刀砍的、枪打的！”接着且扬起响竿，口中喽喽喽喽赶着那其余几只鸭子下塘去了。

电话局管理员本预备问问妇人，见妇人情形便不再说什么，就走回局里去。

回到电话机旁时，他心里想：“这女子一定是个土娼，夜里兵士抱了鸭子来睡觉，占了便宜，大白天又把鸭子捉回去，不然岂有大白天抢鸭子的道理？”

看看时间还早，心中为先前一件事情很不愉快，终想走出去问问那个妇人，鸭子究竟是被兵士抢了，还是她先抢兵士鸭子，到后方被兵士用武力索回。一到局门外，便见着辛夷集乡长，正骑了匹健白乌云盖雪大骡子来到局门前。两人原认识一面，管理员大忍还不曾开口，乡长就在骡上欠身打拱说：“先生，早，早，早！”

“乡长您早！”

乡长一下了骡子，又说：“麻烦，请接接我们集里。”

线接好了后，乡长叫集里师爷说话。电话局那一个才知道这个乡长是昨天上城来报告集里有个青年土匪李三，请派队伍去捉匪的。军队大清早就出发了，一个大队长，两个副队长，一百二十名副爷。这乡长认真办事，还嘱咐师爷队伍由他招待！这不是儿戏，一百二十人的食量，实在可观！

电话打过后，乡长说说天气人事，匆匆跨上骡子赶回辛夷集去了。电话局管理员大忍望着乡长牲口后跟了两个乡下人，挑了那两大担粉条肉菜，便自言自语说：“积点儿德，让这个姓李的走路，不是省事多了吗？”他知道队伍一出发，不只乡长办招待是件平民费钱的差事，到后还有那个报告，那种由电话传递到上峰，照例夸张不近人情的战事报告，结果才到凯旋献俘那一套。这一切都俨然有个公式，不可免的，人人熟悉，早已当成惯例安排。因为一切是“习惯”，所以极少有人怀疑。

到了下午，辛夷集电话果然来了。大队长的口气，叫接县公署。虽把线转接县政府，局里的办事人还是一一听得分明。这报告尚得局里抄录一份，备留案存查。

“……该李三率领匪众，顽强抗拒，经我士兵不顾生死，奋勇上前，将其擒获。余匪五名见势不佳，才各向……逃去。经过此激烈战役，共用去子弹约六百粒，坏拉筒枪一支，我部队幸无伤亡……”

一会儿，县公署的电话又接专员公署，县长同专员说话。

“……一闻报告，职即亲率部队下乡……共耗费子弹约一千粒。”

抄了三次同样报告，不到的说到，没有的说有，战事既越说越厉害，子弹耗费也就越说越多。无怪乎报上说这些国家公务员，剿匪那么认真，下乡那么勤快！地方如果没有这些保民官，还不知会要……

第二天，耳根一撮毛的大队长，最先来到电话局。

“辛苦，辛苦！队长下乡辛苦！”

“哪里话，应该的。地方上事不办行吗？你们这边倒真是辛苦！这局里做生意营业，乡下人打麻烦的事多咧。又得做军事方面的……

官话打完后，接着才说一点儿私话。

管理员大忍问：“队长，那土匪怎么的？听人说是个了不起的飞檐走壁之徒！”

“唉，兄弟，别说了，什么张三李三，飞檐走壁好本领！一个逃兵，一个瘪小子，就只那么一个瘪小子，不知打哪儿发了顺水，冒得两杆盒子，回到家乡来避风。既从不在本乡犯案，也就想不到会有人卖他的水。直到队伍把庄子围上时，这小子还呆呆地在林秸上晒太阳。这种逃兵多的是，本地不作案，有什么亏心？嘀嘀！来了，小子明白有人走水[1]，队伍是来弄他的时候，就向秫垛上爬过墙去，好的，两杆盒子上了红槽，啪啪啪动了手。这不容易办吗？一百二十个对一个，活捉张三，水缸里摸田螺，还费事？‘好兄弟，不要火，寨子围上了。把盒子丢下来，有话好说。都是出门人，我们不会难为你！’这小子看看，当真围上了，人识相，两杆盒子全抛下来了。人缚好了后，拴在马槽旁痛打了一顿，杀杀威风……周乡长说：‘队长，队长，辛苦辛苦，这两杆盒子留下来，我改天另外呈报县里。这是一百二十块洋钱，弟兄喝茶。你我好哥子弟兄，那个那个好说话。’……事情就办完了。”

“多大年岁？”

“二十二岁，好一条汉子！”

“解上城里来了吗？”

“嘿，解上城来干吗？我问你。押上城里来，那一百二十块钱是做什么用的？”

“那你们报销子弹？”

“一共打了五夹半。”

---

[1] 走水：走漏风声。

“嘿，就那个了吗？”

“还不是嚓地一下……不那个，留下个活口有我们好处？先生你真像是从京里来的，我们县里事通不明白。”

……

电话局管理员大忍，给他家乡的哥哥写信说：“哥哥，帮我换个工作吧，我不干了！我不干了！我不干了！”哥哥来信说：“不干了吗？好的，咱们想法过北京升学吧，干不了让别人干吧。”可是第二次来信却说：“你跑到哪里去不是一样？不干会失业的！”一时升学不成功，于是这个青年人当真就失了业。

一九三五年四月

○ ○ ○ 若墨医生

我抽屉里多的是朋友们照片，有一大半人是死去了的。有些还好好活着的人，检察我的珍藏，发现了那些死人照片混和他自己照片放在一处时，常常显出些惊讶而不高兴的神气。他们在记忆里保留朋友的印象，大致也分成死活贫富等等区别，各贮藏在一个地方不相混淆。我的性情可不甚习惯于这样分类。小孩子相片我这里也很多，这些小孩子有在家中受妈妈爸爸照料得如同王子公主，又有寄养在孤儿院幼稚园里的。其中一些是爸爸妈妈为了人类远景的倾心，年纪轻轻的就为人类幸福牺牲死去，世界上再没有什么亲人了，我便常常把他们父母的遗影，同他的小相片叠在一处，让这些孤儿同他妈妈爸爸独占据一个空着的抽屉角隅里，我似乎也就得到了一点儿安慰。我一共有四个抽屉安置照片，这种可怜的家庭照片便占据了我三个抽屉。

可是这种照片近来又多了一份。这是若墨大夫同他的太太以及女儿小青三人一组的。那个医生同他的太太，为了同一案件最近在××地方死去了，小青就是这两个人剩下的一个不满半周岁的女孩。这女孩的来源同我现在住处有些关系，同我也还有些关系。

事情在回忆里增人惆怅，当我把这三个人一组一共大小七张照片排列到桌上，从那些眉眼间去搜索过去的业已在这世界上消灭无余，却独自存在我纪念里的东西时，我的感情为那些记忆所围困了。活得比人长久一点儿可真是一件怕人的事情，因为一切死去了的都有机会排日重新来活在自己记忆里，这实在是一种沉重的担负。死去的友谊，死去的爱情，死去的人，死去的事，还有，就是那些死去了的想象，有很多时节也居然常常不知顾忌地扰乱我的生活。尤其是最后一件，想象，无限制的想象，如像纠缠人的一群蜂子！为什么我会为这些东西所包围呢？因为我这个人的生活，是应照流行的嘲笑，可呼之为理想主义者的！

我有时很担心，倘若我再活十年，一些友谊感情上的担负，再加上所见所闻人类多少喜剧、悲剧，珍贵的、高尚的、愚蠢的、下流的种种印象，我的神经会不会压坏？事实呢，我的神经似乎如一个老年人的脊梁，业已那么弯曲多日了。

十六个月以前……

白色的小艇，支持了白色三角小篷，出了停顿小艇的平坞后，向作宝石蓝颜色放光的海面滑去。风是极清和温柔的，海浪轻轻地拍着船头船舷，船身侧向一边，轻盈的如同一只掠水的燕子。我那时正睡在船中小桅下，用手抱了后脑，游目看天上那些与小艇取同一方向竞走的白云。朋友若墨大夫，脸庞圆圆的、红红的，口里衔了烟斗，穿一件翻领衬衫，黄色短裤下露出那两只健康而体面的小腿，略向两边分开，一手把舵，一手扣着挂在舷旁铜钩上的帆索，目不旁瞬地眺望前面。

前面只是一片平滑的海，在日光下闪放宝石光辉。海尽头有一点儿淡紫色烟子，还是半点钟以前一只出口商轮残留下来的东西。朋友像在那里用一个船长负责的神气驾驶这只小艇，他那种认真态度，实在有点儿装模作样，比他平时在解剖室用大刀小刀开割人身似乎还来得不儿戏，我望到这种情形时，不由得不笑了。我在笑中夹杂了一点儿嘲弄意味，让他看得明白，因为另外还有一种理由，使我不得不如此。

他见到我笑时先不理会，后来把眼睛向我眨了一眨，用腿夹定舵把，将烟嘴从口中掏出。

我明白他开始又要向我战争了。这是老规矩，这个朋友不说话时，他的烟斗即或早已熄灭，还不大容易离开嘴上的。夜里睡觉有时也咬着烟斗，因此枕头被单皆常常可以发现小小窟窿。来到青岛同我住下时，在他床边我每夜总为他安置一杯清水，便是由于他那个不可救药的习惯，预备烟灰烧了什么时节消防小小火灾用的。这人除了吃饭不得不勉强把烟斗搁下以外，我就只看到他用口舌激烈战争时，才愿意把烟斗从口中掏出。

自然的，人类是古怪的东西，许多许多人的口大都有一种特殊嗜好，有些人欢喜啮咬自己的手指，有些人欢喜嚼点儿字纸，有些人又欢喜在他口中塞上一点儿草类，特别是属于某一些女人的某一种荒唐传说，凡是这样差不多都近于必需的。兽物中只有马常常得吃一点儿草，是不是从这里我们就可以证明某一些人的祖先同马有一种血缘？关于这个，我的一位谈《进化论》的朋友一定比我知道较多，我不敢说什么外行话。至于我这位欢喜烟斗的朋友，他的嗜好来源却为了他是一个医生。自从我认识他，发现了他的嗜好以后，第一件事就是觉得一只烟斗把他变得严肃起来不大合理。一个医生的身份虽应当沉着一点儿，严肃一点儿，其实这人的性情同年龄还不许可他那么过日子下去。他还不到三十岁，还不结婚，为了某种理由，故我总打量得多有些机会取掉他那烟斗才好。我为这件事出了好些主意，当我明白只有同这位朋友辩论什么，才能把他烟斗离开他的嘴边后，老实说，只为了怜悯我赠给他那一只烟斗被噙被咬，我已经就应当故意来同朋友辩论些漫无边际的问题了。

我相信我做的事并没有什么错误。因为一则从这辩论中我得了许多智慧，一种从生理学、病理学、化学、各样见地对于社会现象有所说明的那些智慧，另一时用到我的工作上不无益处，再则，就是我把我的朋友也弄得年轻活泼多了。这次他远远地从北京跑来，虽名为避暑，其实时间还只五月，去逃避暑热的日子还早，使他能够放下业务到这儿来，大多数还是由于我们辩论的结果。这朋友当今年二月春天我到北京时，已被我用语言稍稍摇动了他那忠于事务忠于烟斗的固持习惯，再到后来两人一分手，又通了两次信，总说他为那“烟斗”同“职业”所束缚，使他过的日子同老人一样，论道理很说不去。他虽然回了我许多更长的信，说了更多拥护他自己习惯的话语，可是明明白白，到底他还是为我所战败，居然来到青岛同我住下了。

到青岛时天气还不很热，带了他各处山头海岸跑了几天，把各处地方全跑到了，两人每天早上就来到海边驾驶游艇，黄昏后则在住处附近一条很僻静的槐树夹道去散步，不拘在船中或夹道中，除了说话时他的烟斗总仍然保留原来地位。不过由于我处处激他引他，他要说的话似乎就越来越多，烟斗也自然而然离开嘴边常在手上了。这医生青春的风仪，因为他嘴边的烟斗而失去，烟斗离开后，神气即刻就风趣而年轻了。

关于一切议论主张同朋友比较起来，我的态度总常常是站在感情的、急进的、极左的、幻想的，对未来有所倾心，憎恶过去否认现在方面而说话的。医生一切恰恰相反，他的所以表示他完全和我不同，正为的是有意要站在我的对方，似乎尽职，又似乎从中可以得到一些快乐。因为给他快乐使他年轻一点儿，我所以总用言语引导他，断不用言语窘迫他。

这时大夫当真要说话了，由于我的笑，他明白那笑的含意。清晨的空气使他青春的热力显现于辞气之间。

“你笑什么？一个船长不应当那么驾驶他的船吗？”

“我承认一个船长应当那么认真去驾篷掌舵。”我说的只是半句话，意思以为他可不是船长。我希望听听这个朋友食饱睡足以后为初夏微凉略涩的海上空气所兴奋而生的议论。但这时节小艇为一阵风压偏了一下，为了调整船身的均衡与方向，须把三角篷略收束一下，绳索得拉紧一点儿，故朋友的烟斗又上口了。

我接着就说：“让它自由一点儿，有什么要紧？海面那么无边际的宽阔，那么温和与平静，应当自由一点儿！我们不是承认过：感情这东西，有时也不妨散步到正分生活以外某种生活上去吗？医生是你的职业，那件事情你已经过分的认真了，你得在另外一件事情上，或另外一种想象上放荡洒脱一点儿！我不觉得严肃适宜于做我们永远的伴侣，尤其是目的以外的严肃！”

我的意思原就指得只是驾船，想从这平滑的海上得到任意而适的充分快乐，以为严肃是不必需的。

医生稍稍误会了我的意思，把烟斗一抓：“不能同意！”

他说那一句话的神气，是用一种戏剧名角，一种省议会强健分子，那类人物的风度而说的。这是他一种习惯，照例每听到我用一个文学者所持的生活多元论而说及什么时，仿佛即刻就记起了他是医生，而我却是一个神经不甚健康的人，他是科学的、合理的，而我却是病态的、无责任心的，他为了一种义务同成见，总得从我相反那个论点上来批驳我、纠正我，同时似乎也就救济了我。即或这事到后来他非完全同意不可，当初也总得说“不能同意”。我理解他这点用意，却欢喜从他一些相反的立论上，看看我每一个意见受试验受批判的原因，且得到接近一个问题一点儿主张的比较真理。

我说：“那么，你说你的意见。我希望你把那点儿有学院气丈夫气的人生态度说说。”他业已把烟斗送到嘴边又重新取出了。

“感情若容许我们散步，我们也不可缺少方向的认识。散步即无目的，但得认清方向。放荡洒脱只是疲倦的表示，那是人生某一时对道德责任松弛后的一种感觉，这自然是需要的，可完全不是必需的！多少懒惰的人，多少不敢正视人生的人，都借了潇洒不羁脱然无累的人生哲学活着在世界上！我们生活若还有所谓美处可言，只是把生命如何应用到正确方向上去，不逃避一切人类向上的责任，组织的美，秩序的美，才是人生的美！生命可尊敬处同可赞赏处，全在它魄力的惊人。表现魄力是什么？一个诗人很严肃地选择他的文字，一个画家很严肃地配合他的颜色，一个音乐家很严肃地注意他的曲谱，一个思想家严肃去思索，一个政治家严肃地处理当前难题。一切伟大制作皆产生于不儿戏。一个较好的笑话，也就似乎需要严肃一点儿才说得动人。一切高峰全由于认真才能达到。谁能缺少这两个字？人人都错误地把快乐幸福同严肃认真对立，多以为快乐是无拘束的任性，幸福是自由，严肃同认真，却是毫无生趣的死呆。严肃成就一切，它的对面只是轻浮。至于快乐和幸福，总常常包含了严肃和轻浮两者而言；轻浮的快乐，平常人同女子才用得着，至于一个有希望的男子，像样的男子，他不会要这个的！他一切尽管严肃认真，从深渊里探索他所需要的东西，他有他那一分孤独伟大的乐趣！你想想，在你生活中缺少了严肃，你能思索什么，能写作什么？……”

他的辩论原来是不大高明的，他能说一切道理，似乎是由于人太诚实，就常常互相矛盾。他只知道取我相反的路线，却又常常不知不觉间引用我另一时另一事他中意了的见解来批驳我。先前我常是领导他、帮助他，使他能在“科学的”立脚点上站稳，到后来就站稳了。站稳以后慢慢地他自己也居然可以守着他的壁垒，根据他的所学，对于我主张上某一些弱点能够有所启示纠正，因此有时我也有被他难倒了。

但这次他可错了。大体是这个大夫早上为我把了一阵脉，由于我的神经不大健全，关心到我的灵魂也有了些毛病，他临时记起他做医生的责任，因此把话说得稍多了一点儿。并且他说到后来有了矛盾，忘记了某一部分见解，就正是我前些日子说到的话，无意中记忆下来，且用来攻打我，使我觉得十分快乐。这个人的可爱处，原来就是生活那么科学，议论却那么潇洒，他简直是太天真了。

我含笑说：“医生，你自己矛盾了。你这算是反对我还是承认我？你对于严肃做了很多的解释，自己的意见不够，还把我的也引用了。你不能同意我究竟是哪几点？我要说，我可不能同意你的！就因为我现在提到的，只是你驾船管舵的姿势，不是别一件事。你不觉得你那种装模作样好笑吗？你那么严肃地口衔烟斗，方正平实地坐到那里，是不是妨碍了我们这一只小小游艇随风而驶漂泊海上的轻松趣味？我问你就是这件事，你别把话说得太远。议论你不能离题太远，正如这只小船你不能让它离岸太远；一远了，我们就都不免有点儿糊涂了。”

同时他似乎也记起他理论的来源了，笑了一阵：“这不行，咱们把军器弄错了。我原来拿的是你的盾牌——你才真是理论上主张认真的一个人！不过这也很好，你主张生活认真，我却行为认真；你想象严肃，我却生活严肃。”

“那么，究竟谁是对的？你说，你说。”

“要我说吗？我们都是对的，不过地位不同，观点各异罢了。且说船吧，你知道驾船，但并不驾船。你不妨试试来坐在舵边，看看是不是可以随随便便，看看照到你自由论者来说，不取方向的办法，我们这船能不能绕那个小岛一周，再泊近那边浮筒。这是不行的！”

我看到他又像要把烟斗放进嘴里去的神气，我就说：“还有下文？”

“下文多着，”他一面把烟斗在船舷轻轻地敲着一面说，“中国国家就正因为毫无目的，漂泊无归，大有不知所之的样子，到如今弄得掌舵的人无办法，坐船的人也无办法。大家只知道羡慕这个船，仇视那个船，自己的却取自由任命主义，看看已经不行了，不知道如何帮助一下掌舵的人，不知如何处置这当前的困难，大家都为这一只载了全个民族命运向前驶去的大船十分着急，却不能够尽任何力量把它从危险中救出。为什么原因？缺少认真做事的人，缺少认真思索的人，不只驾船的不行，坐船的也不行。坐船的第一就缺少一分安静，譬如说，你只打量在这小船上跳舞，又不看前面，又不习风向，只管挑剔，只管分派我向这边收帆，向那边扳舵，我纵十分卖气力照管这小船小帆，我们还是不会安全达到一个地方！”

这种承认现在统治者的合法，而且信赖他，仍然是医生为了他那点儿医生的意识，向我使用手术方法。

我说：“说清楚点儿，你意思以为中国目前情形，是掌舵的不行，还是坐船的捣乱？”

“除了风浪太大，没有别的原因。中国虽像一只大船，但是一堆旧木料旧形式马马虎虎束成一把的木筏，而且是从闭关自守的湖泊里流出到这惊涛骇浪的大海里来，坐船的不见过风浪，掌舵的又太年轻，大家慌乱失措，结果就成了现在样子了。”

“那么，未来呢？”

“未来谁知道？医生就从不能断定未来的。且看现在吧，要明白将来，也只有检察现在。现在正像一个病人，只要热度不增加到发狂眩瞀程度，还有办法！”

医生见我把手伸出船舷外边去玩弄海水，担心转篷时轧着了手，就把手扬扬：“喂，坐船的小心点儿，把手缩回来吧。一切听掌舵的指挥，不然就会闹出危险！”

我服从了他的命令，缩回手来，仍然抱了头部。因为望到他并没有把烟斗塞进嘴里的意思，就不说什么，知道他还有下文的。

“中国坐船的大家规规矩矩相信掌舵的能力，给他全部的信托，中国不会那么糟！”

我不能承认掌舵的这点意见了，我说：“这不行，我要用坐船者的资格说话了。你说的要信托船长一切处置，是的，一个民族对支配者缺少信托，事情自然办不好。可是现在问题不是应当信托或不应当信托，只是值得信托或不值得信托！为什么那么稀乱八糟？这就是大家业已不能信托，想换船长，想做船长，用新的方法，找新的航线，才如此如此！”

医生说：“照你所说，你以为怎么样？”

“照我坐小船的经验，我觉得你比我高明，所以我信托你。至于载了一个民族走去的那一只木筏，那一个船长，我很怀疑……”

“这就对了。大家就因为有所怀疑，不相信这一个，相信那一个，大家都以为存在的不会比那个不存在的好，及以为后一个应比前一个好，故对未来的抱了希望，对现在的却永远怀疑。其实错了的。革命在试验中，这失败并不是革命的失败，失败在稍前一辈负责的人。一个人的结核病还得三五年静养，这是一个国家，一个那么无办法的国家，三年五年谁会负责可以弄得更好一点儿？”

我简简单单地说：“中国试验了二十年，时间并不很短了！”

“我以为时间并不很长。二十年换了多少管理人，你记得那个数目没有？不要向俄国找寻前例，那不能够比拟，人家那只船根本结实许多，一船人也容易对付。他们换了船长以后，还是权力同智慧携手，还是骑在劳动者背上，用鞭子赶着他们，不顾一切向国家资本主义那条大路走去。他们的船改造后走得快一点儿，稳一点儿，因为环境好一点儿！中国羡慕人家成功是无用的，我们打量重新另造，或完全解散仿造，材料同地位全不许可。我们现在只能修补。假若现在船长能具修补决心，能减少阻力，能同知识合作，能想出方法使坐船的各人占据自己那个位置，分配得适当一点儿，沉静地渡过这一重险恶的伏流，这船不会沉没的。”

“可是一切中毒太深，一切太腐烂，太不适用……”

“不然，照医生来说，既然中毒，应当诊断。中毒现象很少遗传的。既诊知前一辈中毒原因，注意后一辈生活，思想的营养，由专家来分配——一切由专家来分配！”

“你相信中国有专家吗？那些在厅里部里的人物算得上专家吗？”

“没有就培养他！同养蚕一样完全在功利上去培养他！明知到前一批无望，好好地去注意后一批人，从小学教育起始，严格地来计划，来训练……”

“你相信一切那么容易吗？”

医生俨然地说：“我不相信那么容易，但我有这种信仰。我们需要的就是信仰，我们的恐慌失望先就由于心理方面的软弱，我们要这点儿信仰，才能从信仰中得救！”

其实他这点儿信仰打那儿来的？是很有趣味的。我那时故意轻轻地喊叫起来：“信仰，你是不是说这两个字？医生不能给人开这样一味药，这是那一批依靠叫卖上帝名义而吃饭的人专用口号。你是一个医生，不是一个教徒！信仰本身是纯洁的，但已为一些下流无耻的东西把这两个字弄到泥淖里有了多日，上面只附着有势利同污秽，再不会放出什么光辉了！除了吃教饭的人以外，不是还有一般人也成天在口中喊信仰吗？这信仰有什么意义，什么结论？”

医生显然被我窘住了，红脸了，无话可说了，可是烟斗进了口以后随即又抽出来，望到我把头摇摇：“不能同意。”

“好的，说你的意思。”

“我的意思还是需要信仰，除了信仰用什么权力什么手段才能统一这个民族的方向？要信仰，就是从信仰上给那个处置一切的家长以最大的自由，充分的权力，无上的决断：要信仰！”

“是的，我也以为要信仰的。先信仰那个旧的完全不可靠，得换一个新的，彻底换一个新的，从新的基础上，建设新的信仰，一切才有办法——这是我的信仰！”

“这是侥幸，‘侥幸’这个名词不大适用于二十世纪。民族的出路已经不是侥幸可以得到了的。古希腊人的大战，纪元前中国的兵车战，为耸动观听起见，历史上载了许多侥幸成功的记录。现在这名词，业已同‘炼金术’名词一样地把效率魔力完全失去了。”

“可是你不说过医生只能诊断现在，无从决定未来吗？为什么先就决定中国完全改造的失败？倘若照你所说，这民族命运将决定到大多数的信仰，很明显的，这点新的信仰就正是一种不可儿戏的旋风，它行将把这民族同更多一些民族卷入里面去，医生，你不能否认这一点，绝不能否认这一点！”

“我承认的，这是基督教情绪之转变，其中包含了无望无助的绝叫，包含了近代人类剩余的感情——就是属于愚昧和夸张彻头彻尾为天国牺牲地面而献身的感情。正因为基督教的衰落，神的解体，因此‘来一个新的’便成了一种新的迷信，这新的迷信综合了世界各民族，成为人类宗教情绪的尾闾。这的确是一种有魄力的迷信，但不是我的信仰！”

“你的信仰？”

“我的信仰吗？我……”

我们两人说到前面一些事情时，两人都兴奋了一点儿，似乎在吵着的样子，因此使他把驾船的职务也忘却了。这时船正对准了一个指示商船方向的浮标驶去，差不到两丈远近就会同海中那个浮标相碰了，朋友发觉了这种危险，连忙把舵偏开时，船已拢去了许多，在数尺内斜斜地挨过去，两人皆为一种意外情形给愣住了。可是朋友眼见到危险已经过去，再不会发生什么事故，便向我伸伸舌头，装成狡顽的样子，向我还把眼睛挤了一下。

“你瞧，一个掌舵的人若尽同坐船的人为一点儿小事争辩，不注意他的职务所加的责任，行将成一个什么样子！别同掌舵的说道理，掌舵的常常是由于权力占据了那个位置，而不由于道理的，他应当顾及全船的安危，不能听你一个人拘于一隅的意见。你若不满意他的驾船方法，与其用道理来絮聒，不如用流血来争夺。可是为什么中国那么紊乱？就因为二十年来的争夺！来一个新的方法争夺吧，时间放长一点儿……历史是其长无尽的一种东西，无数的连环，互相衔接，捶断它，要信仰！”

他在说明他的信仰以前，望望海水，似乎担心把话说出会被海上小鱼听去，就微笑着把烟斗塞进自己嘴巴里了。

无结果的争辩，一切虽照样的无结果，可是由于这点儿训练，我的朋友风度实在体面多了。他究竟信仰什么，他并不说，也像没有可说的。他实际上似乎只是信仰我不信仰的东西。他同我的意见有意相反，我曾说过了，到现在，他一面驾船一面还是一个医生，不过平时他习惯的是疗治人的身体，此时自以为在那里修补我的灵魂罢了。

我们的小艇已向外海驶去，我在心里想，换一个同海一样宽泛无边无岸的问题，还是拣选一个其小如船切于本身的问题？我想起了他平时不谈女人的习惯，且看到他这时候的派头，却正像一个陪新夫人度蜜月驾小艇出游的丈夫模样，故我突然问他“是不是打量结婚，预备恋爱”。我相信我清清楚楚看到他那时脸红了一阵，又像吃了一惊的样子。

他没有预防这一问，故不答复我，所以我又说：“怎么，你难道是老人吗？取掉你的烟斗，说说你的意见！”

他当真把烟斗抓到手上了。

“女人有什么可说？在你身边时折磨你的身体，离开你身边时又折磨你的灵魂；她是诗人想象中的上帝，是浪子官能中的上帝。但我们为什么必需一个属于个人的上帝？我们应当工作，有许多事情可做，有许多责任要尽，为一个女人过分消耗时间和精力，那实在是无味得很。”

“可是难道不是诗人不是浪子就不需要那么一个上帝吗？我不瞒你，若我像你那么一个人，我就放下我现在这种倾心如你所谓诗人的上帝，找寻那个浪子的上帝去了。再则从女人方面说来，我相信许多女人都欢喜做你那么一个好人的上帝，你自己不相信吗？”

“这一点我可用不着信仰了。可是我同你说说我的感想吧。若是有什么人问到我：若墨大夫，你平生最讨厌的什么？我将回答：我讨厌青年会式的教徒，同自作多情的女子。这两种人在我心上都有一个位置，可是却为我用一种鄙视感情保留到心上的。”

综合而言，我知道医生存三种不可通融的主张了，就是讨厌前面两样人以外还极端怀疑中国共产党革命。

我有一种成见，就是对于这个朋友的爱憎，不大相信得过。我不愿再听下去，听下去伤了我对于女人以及对于几个在印象中还不十分坏的教会朋友的情感。尤其是说到女人，我记起一件事情来了。另外一个朋友昨天还才来了一封信，说到有一个牧师的女儿，不久就要到青岛来，也许还得我为她找寻一个住处。这女人为的是要在青岛休养几个礼拜的胃病，朋友特意把她介绍给我，且告给我这个女人种种好处。朋友意思似乎还正因为明白我几年来在某一方面受了些折磨，把这个女人介绍到青岛来，暗示我一切折磨皆可以从这方面得到取偿。照医生说来，这女人却应当是双料讨人厌烦的东西了。

我忽然起了一种好事的感觉，心想等着这女人来时，若果女人是照到朋友所说那样完美的人，机会许可，我将让一个方便机会，把这双料讨厌东西介绍给医生，看看这大夫结果如何。这点儿动机在好事以外还存了另外一份心事，就是我亲眼看到我的朋友，尽管口上那么厌恶女人，实在生活里，又的的确确需要一个当家的女人，而且这女人同他要好也比同我要好一定强多了，故当时就决定要办好这样一件事，先且不同他说什么。我打算到好几个自以为妙不可言的撮合方法，谁知这些方法到了后来完全不能适用。

到了十点左右，两人把小艇驶回船坞，在沙滩上各人留下了一行长长的足印，回到家中时，事情太凑巧了一点儿，那个牧师女儿××小姐已坐在小客厅中等候我半点钟了。我同了若墨大夫走进客厅时，那牧师女儿正注意到医生给我写的一个条幅，见了我们两人，赶忙回过身来向医生行礼。她错了，她以为医生是主人，却把我当成主人的朋友了。这不能怪他，只能责备我平常对于衣帽实在太疏忽了一点儿，我那件中学生的蓝布大衫同我那种一见体面女子永远就只想向客厅一角藏躲的乡下人神气，同我住处那个华丽客厅实在就不大相称。我为这个足以自惭的外表，在另一时还被一个陌生拜访者把我当成仆人，问了我许多关于主人近况的话语，使我不知如何回答这关切我的好人。大家都那么习惯于从冠履之间识别对方的身份，因此我也就更容易害羞受窘了。

可是当我的医生朋友，让人家知道我就是她所等候的人，我且能够用主人资格介绍医生给这个客人时，也许客厅中气候实在太热了一点儿，那个新来的客人，脸儿很红了一阵。

牧师女儿恰恰如另一朋友在来信上所描写的一样，温柔端静，秀外慧中，相貌性情皆可以使一个同她接近的男子十分幸福。一个男子得到她，便同时把诗人的上帝同浪子的上帝全得到了。不过见面之下我就有了主意，认定这女人同医生第一面的误会，就有了些预兆。若能成为一对，倒是最理想的一对了。

我留住了这个牧师女儿在我家中吃了一顿午饭，谈了好些闲话，一面谈话一面我偷偷地去注意医生，看他是不是因为客厅中有一个牧师的女儿，就打量逃走。看来竟像不会逃走的样子，我方放心了。在谈话中医生只默默地含着他的烟斗在一旁听着，我认为他的烟斗若不离开，实在增加了他的岁数，所以还想设法要他去掉烟斗说话。他似乎有点儿害羞的样子，说的话大不如两人驾船时的英气勃勃。在引导他说话时，我实在很尽了一分气力，比我做别的事困难得多。

女人来青岛名为休养胃病，其实还像是看我的！下午我们三人一同出去为她安置住处时，一路上谈到几个熟人的胃病、牙痛病，以及其他各样事情。我就说这位医生朋友如何可以信托。且告她假若需要常常诊察，这位朋友一定很高兴做这件事，而且这事情在朋友做来还如何方便。医生听我说到这些话时，只衔着烟斗，默默地瞧着我，神气时时刻刻像在说："书呆了，理想家，别作孽，够了，够了，这不是好差事，这不是好差事！"我也明白这不是一件好差事，却相信病人很高兴很欢喜这点建议。

女人听我说到这个医生对于胃病有一种专长时，先前似乎还不甚相信得过，望我笑着，一面也望了一下医生。当时我不让医生有所推托，就代为答应了一切，医生听到这话仍然没有把烟斗取去，似乎很不高兴。我也以为或者他当真不大高兴，就因为我自己见着许多女人不大欢喜她时，神气也差不多同我朋友那么一样沉默的。把医生诊病事介绍妥当后，我又很悔我的孟浪，还以为等一会儿一定会被他埋怨了。

但女人回旅馆后，医生却说：“这女人的说话同笑，真是一种有毒的危险东西。”

我明白那是什么意思。我太明白一个端静自爱的男子，当平静的心为女人所扰乱时外表沉默的情形了。我很忠厚地极力避开同他来说到这个女子，他这时是绝不愿有谁来说到这女人的。他害怕别人提到这个名字，却自己将尽在心里念到这个使他灵魂柔软的名字。

那牧师女儿呢，我相信她离开我们以后，她一定觉得今天的事情很稀奇，且算得出她的胃病有了那么一个大夫，四个礼拜内一定可以完全治好，心里快乐极了。

从此以后这个医生除掉同我划船散步以外多了一件事情。他到约定的时间，总仍然口衔烟斗走到女人住处那边去。到了那边，大约烟斗就不常能够留到嘴边了。似乎正因为胃病最好的治疗是散步。青岛地方许多大路小径又太适宜于散步，因此医生用了一种义务的或道德的理由，陪了他的病人各处散步的事情，也慢慢地来的时间较长次数较多了。

青岛地方的五月六月天气是那么好，各处地方是绿荫荫的。各处是不知名的花，天上的云同海中的水时时刻刻在变幻各种颜色，还有那种清柔的、微涩的，使人皮肤润泽，眼目光辉，感情活泼，灵魂柔软的流动空气，一个健康而体面心性又极端正的男子，随同一个秀雅宜人温柔的少女，清晨或黄昏，选择那些无人注意为花包围的小路上，用散步来治疗胃病，这结果，自然慢慢地把某一些人的地位要变更起来的，医生间或有时也许就用不着把烟斗来保护自己的嘴唇，却从另外一个方便上习惯另外一种嗜好了。

当那些事情逐日在酝酿中有所不同时，医生在我面前更像年轻了一点儿，但也沉默了一点儿。女人有时到我住处来，他们反而似乎很生疏的样子。女人走时，朋友就送出去，一个人很迟很迟才回来，回来后又即刻躲到他自己房中去了。两个人都把我当书呆子，因为我那一阵实在就成天上图书馆去抄书。其实我就只为给这朋友的方便，才到图书馆去做事。我从朋友沉默上明白那是什么征候，我不会弄错，我看得十分清楚，却很难受，因为当时无一个人可以同我来谈谈在客观中我所想象到的一切，我需要这样谈话的人，却没有谁可以来同我讨论这件事。

我为这件事一个人曾记下了五十页日记，上面也有我一些轻微的忧郁。由于两人不来信托我却隐讳我，医生的态度我真不大能够原谅。

到后来，女人有一天到我住处，说是要回北京。医生也说要回北京了。两人恰好是同过北平，同车回去也可减少路上的寂寞，所以我不能留任何一个再住一阵儿。请他两个人到一个地方去吃了一顿饭，就去为他们买了两张二等车票，送他们上了车。他们上车时我似乎也非常沉默，没有先前的兴致，是不是从别人的生活里我发现了自己的孤立，我自己也不大知道。总而言之我们都似乎因为各人在一种隐约中担心在言语上触着朋友的忌讳，互相说话都少了许多。临走时，两人似乎说了许多话，但我明明白白知道这是装点离别而说的空话，而且是很勉强在那里说的，所以我心里忍受着，几乎真想窘这医生一次，要把女人来此第一天，我同医生在船上说到关于女人的话重新说说，让他在女人面前唤起一点儿回忆，红一阵脸。

十个星期后医生从北平把用高丽发笺印红花的结婚喜帖寄给我，附上了一封长长的信，说到许多我早已清清楚楚的事情，那种信上字里行间充满了值得回忆的最诚实的友谊。结末却说：“那个说女人同教徒坏话的医生，想不到自己要受那么一种幸福来惩罚自己。”我有点儿生气，因为这两个人还不明白我早已看得十分清楚，还以为这时来告我，对于我是一种诚实的信托与感谢！我当时把我那五十多页的日记全寄去了，我让他两个人知道我不是书呆子，我处处帮了他们的忙，他们却完全不知道。

只是十六个月，这件事就只剩下一个影子保留在我一个人记忆上了。我现在还只那么尽想象中国应当如何重新另造，很严肃地来写一本《黄人之出路》。为了如何就可以把某一些人软弱无力的生活观念改造，如何去输入一个新的强硬结实的人生观到较年轻一点儿的朋友心胸中去，问题太杂，怯于下笔，不能动手了。那些人平时不说什么，不想什么，不写什么，很短的时间里，在沉默中做出来的事，产生出的结果，从我看来总常常是一个哑谜，一种奇迹。

在我记忆里，这些朋友用生活造成的奇迹越来越多了。

一九三二年于青岛作

○ ○ ○ 生存

青年聂勋坐在北京南城某会馆里南屋一个小房子的窗前，借檐口黄昏余光，修整他那未完成的画稿。一不小心，一点儿淡墨水滴在纸角上，找寻吸水纸不得，担心把画弄坏了，忙伏在纸上用口去吸吮那墨水。一面想，“真糟，真糟，不小心就出乱子！”完事时去看那画上水迹，好在画并未受损失。他苦笑着。

天已将夜。会馆里院子中两株洋槐树，叶子被微风刷着，声音单调而无意义，寂寞而闷人，正象征这青年人的生活，目前一无所有，希望全在未来。

再过十天半月，成球成串的白花，就会在这槐树枝叶间开放，到时照例会有北平特殊的夹砂带热风，无意义地吹着，香味各处送去，蜂子却被引来了。这些小小虫子终日嘤嘤嗡嗡，不知它从何处来，又飞往何处，院中一定因此多有了一点儿生气。会馆大门对街的成衣铺小姑娘，必将打了芦竹秆子，上面用绳子或铁丝做成一个圈儿，来摘树上的花，一大把插到洋酒瓶里去，搁在门前窗口边做装饰（春光也上了窗子，引起路人的注意）。可是这年轻人的希望，到明天会不会实现？他有不有个光明的未来？这偌大一个都会里，城圈内外住上一百五十万市民，他从一个人所想象不到的小地方来到这大都会里住下，凭一点点过去的兴趣和当前的方便，住下来学习用手和脑建设自己，对面是那么一个陌生、冷酷、流动的人海。生活既极其穷困，到无可奈何时，就缩成一团躺到床上去，用一点儿空气和一点儿希望，代替了那一顿应吃而不得吃的饭食。近于奇迹似的，在极短期间中，画居然进步了，所指望的文章，也居然写出而且从友人手中送过杂志编辑手中去了。但这去“成功”实在还远得很远得很，他知道的。然而如此一来，空气和希望似乎也就更有用更需要了。因为在先前一时，他还把每天挨饿一次当成不得已的忍受，如今却自觉地认明白了，这么办对于目前体力的损害并不大，当成习惯每天只正餐一顿，把仅有的一点点钱，留下来买画笔和应用稿纸了。

这时节看看已不宜于再画，放下了笔，把那未完成的画钉到墙壁上去。他心想：“齐白石也是个人，征服了许多人的眼睛，集中了许多人的兴味，还是他那一只手。高尔基也是那一只手！托尔斯泰，以至于家乡搞雕塑的张秋潭[1]，都靠的是一只手。……”他站在院中那槐树下，捏捏自己两只又脏又瘦的手，那么很豪气地想着。且继续想起一个亲戚劝勉他的话语，把当前的困难忘掉了。听会馆中另外有人在说“开饭”，知道这件事与他无分，就扣了门，照往日一样，上街散步。

会馆那条街西口原接着玻璃厂东口。他上街就是去用眼睛吃那些南纸店、古玩店、裱画铺、笔墨铺陈列在窗前的东东西西。从那些东西形体颜色上领略一点儿愉快。尤其是晚上，铺子里有灯光，对他更方便。他知道这条街号称京城文化的宝库，一切东西都能增长他的见识，润泽他的心灵。可是事实上任何一家的宝藏，当前终无从见到，除了从窗口看看那些大瓶子和一点儿平平常常的字画外，最多的还是那些店铺里许多青衣光头、势利油滑的店伙。他像一个乡下人似的，把两只手插在那件破呢裤口

[1] 张秋潭：民国年间，湘西著名泥塑家。麻阳人。

袋里，一家一家地看去。有时还停顿在那些墨盒铺刻字铺外边许久，欣赏铺子里那些小学徒的工作。一直走到将近玻璃厂西口，才折身回头，再一家一家看去。

他有时觉得很快乐，这快乐照例是那些当代画家的劣画给他的。因为他从这些作品上看出了自己未来的无限希望。有时又觉得很悲哀，因为他明白一切成功都受相关机会支配，生活上的限制，他无法打破。传统习惯上的限制、势力更无比顽强。他充满了热情和勇气想学，跟谁去学？他想看好画，看不着。他想画，纸、笔、墨都要不到，用目前能够弄到手的工具，简直无从产生好作品。同时，还有那个事实上的问题，一个人总不能专凭空气和希望活下去呀！要一个人气壮乐观，他每天总得有点儿什么东西填到消化器里去，不然是不成的。在街头街尾有的是小食铺，长案旁坐下了三五个车夫，咬他论斤买的切糕和大面条，这也要子儿的，他不能冒昧坐拢去。因此这散步有时不能不半途而止，回住处来依然是把身子缩成一团，向床上躺去。吸嗅着那小房中湿霉味、石灰味以及脏被盖上汗臭味。耳朵边听着街头南边一个包子铺小伙子用面杖托托托托敲打案板，一面锐声唱喊，和街上别的声音混杂。心里就胡胡乱乱地想：这是个百五十万市民的大城！至少有十万学生，一万小馆子，一万羊肉铺，二十万洋车，十万自行车，五千公寓和会馆……末了却难受起来。因为自己是那么渺小，消失到无声无息中。每天看小报，都有年轻人穷困自杀的消息。在记者笔下，那些自杀者衣装、神情、年龄，就多半和自己差不多。想来境遇也差不多，在自杀以前理想也差不多。但是到后却死了。跳进御河里淹死的，跑到树林子里去解裤腰带吊死的，躺在火车轨道上辗死的，在会馆、公寓、小客店吃鸦片红矾毒死的。这些人生前都不讨厌这个世界的。活着时也一定各有志气，各有欲望，且各有原因来到个大城市里，用各种方法挣扎过，还忍受过各种苦难和羞辱。也一定还有家庭，一个老父，一个祖母，或一个小弟妹，同在一起时十分亲爱关切，虽不得已离开了，还是在另外一个地方，把心紧紧系着这个远人，直到死了的血肉消解多年，还盼望着这远行者忽然归来。他自己就还有个妻，一个同在小学里教过书，因为不曾加入国民党被人抢去那个职务，现在赋闲在家，又害了痨病，目前寄住在岳家养病的可怜人。

年轻人在黑暗中想着这些那些。眼泪沿着脸颊流下来。另一时那点儿求生勇气好像完全馁尽了，觉得生活前途正如当前房中，所有的只是一片黑暗。虽活在一个四处是扰扰人声的地方，却等于虫豸，甚至于不如虫豸。要奋斗，终将为这个无情的社会所战败，到头是死亡，是同许多人一样自己用一个简单方法来结束自己。这不成！他要活下去，还有理想，有一切，个人的和社会的。

于是觉得害怕起来，再也不能忍受了，就起来点上了灯。点上灯，对那未完成的画幅照照，在那画幅上他却俨然见出了一线光明。他心情忽然又变了。他那成功的自信，用作品在这大城中建树自己的雄心，回到身边来了。

于是来在灯光下继续给那画幅匀勒润色，工作直到半夜。有时且写信给那可怜的害痨病的妻子，报告一切，用种种空话安慰那可怜妇人。为讨好她起见，还把生活加上许多文学形容词，说一到黄昏，就在京城里一条最风雅的文化街上去散步，欣赏各种美术品。

这一次就是这样散步回来时，他才知道大学生陆尔全来看他，放下个从他转交的挂号信。并留下字条说："老聂，你家中来信了，会是汇票。得了钱，来看看我们吧。这里有三个朋友从陕西边地回来，一个病倒了，躺在公寓发热，肠子会烧断的！要十五块钱才给进医院，想不出办法，目前大家都穷得要命！"

年轻人看看信封，是从家乡寄来的，真以为是钱来了。把信裁开，见信是寄住在岳家的妻写的。

哥哥，我得你三月十二的信，知道你在北京的生活，刀割我的心，我就哭了。你是有志气的人，我希望你莫丧气。你会成功，只要你肯忍受眼前的折磨，一定会成功。我听说你常常不吃饭，我饭也吃不下去。我又不能帮你忙。哥哥，真是刀割我心子！

你问我病好不好些，我不能再隐瞒你，老老实实告你，我完了。我知道我快要死了。晚上冷汗只是流（月前大舅妈死时，我摸过她那冷手，汗还是流）。上月咳血不多，可是我知道我一定要死。前街杨伯开方子无效，请王瞎子算命，说犯七，用七星经禳，要十七块七毛办法事。我借了十三块钱，余下借不出，挪不动。问五嫂借，五嫂说，卖儿女也借不来。我托人问王瞎子，十三块钱将就办，不成吗？王瞎子说，人命看得儿戏，这岂是讲价钱事情，少一个不干。你不禳，难过五月五。……哥哥，不要念我，不要心急。人生有命。要死听它死去。我和王瞎子打赌，我要活过五月五。我钱在手边无用处，如今寄十块来（邮费汇费七毛三）。你拿去用。身体务要好好保重，好好保重！你我夫妇要好，来生有缘，还会再见！（本想照一相给哥哥，照相馆人要我一元五角，相不照来）

玉芸拜启

又我已托刘干妈赊棺木，干妈说你将来发财，还她一笔钱，不然她认账。干妈人心好，病中承她情帮忙不少，你出头了不要忘她。

芸又及

信中果然附有一张十元汇票，还是用油纸很谨慎包好的。看完信时年轻人心中异常纷乱，印象中浮出个寄住在岳家害痨病的妻子种种神情。又重新在字里行间去搜寻妻的话外的意思，读了又读，眼睛潮湿了。两手揪住自己的短发，轻轻地嚷叫：“天呀，天呀，我什么事得罪了你，我得到的就是这些！”又无伦无次地说，“我要死的，我要死的。”他觉得很伤心很伤心，像被谁重重地打了一顿。这时唯一办法是赶回去。回去既无能力，并且一回到那小县城，抱着那快要死去的人哭一场，此后又怎么办？回去办不到，就照信上说的在此奋斗，为谁奋斗？纵成功了，有何意义？越想心中越乱。且想起写信的人五月六月就会要死去，勉强再去画画，也画不下去。又想写一封信回家，写去写来也难写好。末了还是上街。在街上乱走了一阵，看看一个铺子里钟还只九点，就进城去找他的朋友。到北京大学东斋宿舍见到了朋友陆尔全，正在写信。

姓陆的说：“老聂，你见我留下那封信了，是不是？”

他说：“我见到了那个信。”

“是不是有汇款？”

“有十块钱。你要用，明天取来你拿一半。”

“好极了，我们正急得要命，好朋友××回来就病倒了，住在忠会公寓里，烧得个昏迷不醒。我们去看看他去。这是我们朋友中最好的最能干的一个，不应当这样死去。”

年轻人心想：“许多人都不应当死去！”

两人到得那公寓里，只见四五个年轻人正围在桌边谈话，其中只有一个人在陆尔全宿舍里见过，其余都面生。靠墙硬板床上躺着一个长个子，很苦闷的样子把头倾侧在床边。两人站在床边，病人竟似乎一点儿不知道。陆尔全摸摸那病人头额，同火一样灼手。就问另外一个人：“怎么样？”

另外一个年轻人就说：“怎么样？还不是一样的！明天再不进医院，实在要命！可是在路上一震动，肠子也会破的。”

陆尔全说：“我们又得了五块钱。”且把聂勋介绍给那人，“这是好朋友聂勋，学艺术的。他答应借我们五块钱。”

“那好极了，明天就决定进医院！”

聂勋却插口说：“钱不够，我还有多的，拿八块也成。”

陆尔全说：“还是拿五块吧，你也要钱用！这里应当差不多了。”

“五块够了，我们已经有了十二块！”

大家于是抛开病人来谈陕西近事，几个青年显然都是从那边才回来的。说到一个朋友在那边死去时，病人忽然醒了，轻轻地说：“死了的让他死去，活下的还是要好好地活！”大家眼睛都向病人呆着。到了十点，两人回到学生宿舍，聂勋把那汇票取出来交给陆尔全，信封也交给他，只把信拿在手中。

陆尔全说：“是你家信吗，你那美丽太太写来的吗？她病好恢复工作了吗？”

他咬着下唇不作声，勉强微笑着。

陆尔全又说：“我看你画进步得真快，努力吧，过两年一定成功！”

他依然微笑着。

陆尔全似乎不注意到这微笑里的悲哀，又说：“你那木刻我给×看了，都觉得好。你做什么都有希望，只要努力。大家各在自己分上努力，这世界终究是归我们年轻人来支配、来创造的。”

他依然微笑着。

看看时候已不早了，聂勋就离开他的朋友回转会馆去。在路上记起病人那两句话，“死了的让他死去，活着的好好地活！”且因为已把病妻寄来的钱一部分借给这个陌生病人，好像自己也正在参加另外一种生活，精神强旺多了。到得会馆时已快近十一点。

坐在自己那个床边，重新取出那个信来在灯光下阅看，重新在字里行间去寻觅那些看不见的悲哀和隐忍不言的希望。想起两人在教书时的种种，结婚的种种，以及在学校里忽然被人排挤撤换，一个病倒，一个不能不离开家乡，向五千里外一个大都市撞去，当前的种种。心里重新纷乱起来，不知如何是好。

那个明知快要死去的妻说的话——

……哥哥，我知道你在北京的生活，刀割我的心……你是个有志气的人，我希望你莫丧气。……身体务要好好保重，好好保重！

那个虽要死去却不愿意死去的人说的话——

死了的让他死去，活着的要好好活下去！

那个凡事热心的好朋友陆尔全说的话——

……你做什么都有希望，只要努力……这世界终归是年轻人来支配、来创造的！

一些话轮流在耳边响着。心里还是很乱，很软弱。他想，我一定要活下来奋斗！我什么都不怕。我要做个人，我要做个人！

可是，临到末了，他却忍不住哭了。

他把身子缩在一团，侧身睡在床上，让眼泪毫无顾忌地流到那脏枕头上去。

一九三七年五月

为牺牲于抗日战争中表弟长荣而作

○ ○ ○ 七个野人与最后一个迎春节

迎春节，凡属于北溪村中的男子，全是为家酿烧酒醉倒了。据说在某城，痛饮是已成为禁例的事了，因为那里有官，有了官，凡是近于荒唐的事是全不许可了。有官的地方，是渐渐会兴盛起来，道义与习俗传染了汉人的一切，种族中直率慷慨全会消灭，迎春节的痛饮禁止，倒是小事中的小事，算不得怎样可惜，一切都得不同了！将来的北溪，也许有设官的一天吧？到那时，人人成天纳税，成天缴公债，成天办站，小孩子懂到见了兵就害怕，家犬懂到不敢向穿灰衣人乱吠，地方上每个人皆知道了一些禁律，为了逃避法律人人全学会了欺诈，这一天终究会要来吧？什么时候北溪将变成那类情形，是不可知的，然而老一辈都明白，这一天年轻人大约可以见到的。地方上，勇敢如狮子的人，徒手可以搏野猪，对于地方的进化，他们是无从用力制止的。年高有德的长辈，眼见到好风俗为大都会文明侵入毁灭，也是无可奈何的。凡是有一点儿地位的人，皆知道新的习惯行将在人心中生长，代替那旧的一切了。在这迎春节，用烧酒醉倒因此是普遍的事！他们要醉倒，对于事情不再过问，在醉中把恐吓失去，则这佳节所给他们的应有的欢喜，仍然可以在梦中得到了。

仍然是耕田，仍然是砍柴栽菜，地方新的进步只是要他们纳捐，要他们在一切极琐碎极难记忆的规则下走路吃饭。有了内战时，便把他们壮年能做工的男子拉去打仗，这是有政府时对于平民的好处。什么人要这好处没有？族长、乡约或经纪人、卖肉的屠户、卖酒的老板，有了政府他就得到幸福没有？做田的、打鱼的、行巫术的、卖药卖布的，政府能使他们生活得更安稳一点儿没有？

他们愿意知道的是，牛羊在有了官的地方，会不会发生瘟疫？若牛羊仍然得发瘟，那就证明无须乎官了。不过这时他们还能吃不上税的家酿烧酒，还能在这社节中举行那尚保留下来的风俗，聚合了所有年轻男女来唱歌作乐，聚合了所有老年人在大节中讲述各样的光荣历史与渔农知识，男子还不曾出去当兵，女子也尚无做娼妓的女子，老年人则更能尽老年人责任。未来的事谁知道呢？过去的不能挽回，未来的无从抵挡，也是自然的事！“醉了的，你们睡吧，还有那不曾醉倒的，你们把葫芦中的酒向肚中灌吧。”这个歌，近来唱时是变成凄凉的丧歌，失去当年的意思了。

照这办法把自己灌醉的人实在是太多了，只有一个地方的一群男子不曾醉倒。他们面前没有酒也没有酒葫芦，只是一堆焚得通红的火。他们人一共是七个，七个之中有六个年纪轻轻的，只有一个约莫有四十五岁。大房子中焚了一堆柴根，七个人围着这一堆火坐下，火中时时爆着小小的声音，那年长的男子便用长铁箸拨动未焚的柴尽它跌到火中心去。

房中无一盏灯，但熊熊的火光已照出这七个朴质的脸孔，且将各个人的身躯向各方画出不规则的、长短不一的暗影了。

那年长的汉子拨了一阵火，忽然又把那铁箸捏紧向地面用力筑，愤愤地说道：“一切是完了，这一个迎春节应当是最后一个了。一切是……喝呀，醉呀，多少人还是这样想！他们愿意醉死，也不问明天的事。他们都不愿意见到穿号衣的人来此！他们都明白此后族中男子将堕落，女子也将懒惰了！他们是比我们更能明白许许多多事的。新的制度来代替旧的习惯，到那时，他们的地位以及财产全摇动了……但是这些东西还是喝呀！喝呀！……”

全屋默然无声音，老人的话说完，这屋中又只有火星爆裂的微声了。

静寂中，听得出邻居划拳的嚷声与唱歌声音。许多人是在一杯两杯情形中伏到桌上打鼾了，许多人是喝得头晕目眩伏在儿子肩上回家了，许多人是在醉中痛哭狂歌了。这些人，在平时，却完完全全是有业知分的正派人，一年之中的今日，历来为神核准的放纵，仅有的荒唐，把这些人变成另外一个种族了。

奇怪的是在任何地方情形如彼，而在此屋中的众人却如此。年长人此时不醉倒在地，年轻人此时不过相好的女人家唱歌吹笛，只沉闷地在一堆火旁，真是极不合理的一件事！

迎春节到了最后的一个，抑或如所说，在他人，也是更非用沉醉狂欢来与这唯一残余的好习惯致别不可的。这里则七个人七颗心只在一堆火上，且随到火星爆裂，终于消失了。

诸人的沉默，在沉默中可以把这屋子为读者一述。屋为土窑屋，高大像衙门，宏敞如公所。屋顶高耸为泄烟窗，屋中火堆的烟即向上蹿去。屋之三面为大土砖封合，其一面则用生牛皮做帘，帘外是大坪。屋中除有四铺木床数件粗木家具及一大木柜外，壁上全是军器与兽皮。一新剥虎皮挂在壁当中，虎头已达屋顶，尾则拖到地上。还有野鸡与兔一大堆，悬在从屋顶垂下的大藤钩上，巍然不动。从一切的陈设上看来，则这人家是猎户无疑了。

这土屋主人，即火堆旁年长的一位。他以打猎为业，那壁上的虎皮就是上月他一个人用猎枪打毙的。其余六人则全是这人的徒弟。徒弟从各族有身份的家庭中走来，学习设阱以及一切拳棍医药。这有学问的人，则略无厌倦地在做师傅时光中消磨了自己的壮年。他每天引这些年轻人上山，在家中时则把年轻人聚在一处来说一切有益的知识。他凡事以身作则，忍耐劳苦，使年轻人也各能将性情训练得极其有用。他不禁止年轻人喝酒唱歌，但他在责任上教给了年轻人一切向上的努力，酒与妇人是在节制中始能接近的。至于徒弟六人呢？勇敢诚实，原有的天赋，经过师傅德行的琢磨，智慧的陶冶，一个完人应具的一切，在任何一个徒弟中全不缺少。他们把这年长人当作父亲，把同伴当作兄弟，遵守一切约束，和睦无所猜忌，在欢喜中过着日子。他们上山打猎，下山与人做公平的交易。他们把山上的鸟兽打来换一切所需要的东西，枪弹、火药、箭头、弦、酒，无一不是用所获得的鸟兽换来。他们运气好时，还可以换取从远方运来的戒指、绒帽之类。他们做工吃饭，在世界上自由地生活，全无一切苦楚。他们用枪弹把鸟兽猎来，复用歌声把女人引到山中。

这属于另一世界的人，也因为听到邻近有设了官设了局的事情，想起不久这样情形将影响到北溪，所以几个年轻人，本应在迎春节各穿新衣，把所有野鸡、毛兔、山菇、果狸等礼物送到各人相熟的女人家中去的，也不去了。这师傅本应到庙坛去与年长族人喝酒到烂醉如泥，也不去了。

六个年轻人服从了师傅的命令，到晚不出大门，围在火前听师傅谈天。师傅把话说到地方的变更，就所知道的其余地方因有了法律结果的情形说了不少，师傅心中的愤慨，不久即转为几个年轻人的愤慨了。年轻人各无所言，但各人皆在此时对法律有一种漠然反感。

到此年长的人又说话了，他说："我们这里要一个官同一队兵有什么用处？我们要他们保护什么？老虎来时，蝗虫来时，官是管不了的。地方起了火，或是涨了水，官是也不能负责的。我们在此没有赖债的人，有官的地方却有赖债的事情发生。我们在此不知道欺骗可以生活，有官的地方每一个人可全靠学会骗人方法生活了。我们在此年轻男女全得做工，有官地方可完全不同了。我们在此没有乞丐盗贼，有官地方是全然相反，他们就用保护平民把捐税加在我们头上了。"

官是没有用处的一种东西，这意见是大家一致了。

他们结果是约定下来，若果是北溪也有人来设官时，一致否认这种荒唐的改革。他们愿意自己自由平等地生活下来，宁可使主宰的为无识无知的神，也不要官。因为神永远是公正的，官则总不大可靠。而且，他们意思是在地方有官以后，一切事情便麻烦起来了。他们觉得人并不是为许多麻烦事而生活的，所以这也只有那欢喜麻烦的种族才应当有政府设立的必要，至于北溪的人民，却普遍皆怕麻烦，用不着这东西！

为了终须要来的恶运，大势力的侵入，几个年轻人不自量力，把反抗的责任放到肩上了。他们一同当天发誓，必将最后一滴血流到这反抗上。他们谈论妥帖，已经半夜，各自就睡了。

若果有人能在北溪各处调查，便可以明白这一个迎春节所消耗的酒量真特别多，比过去任何一个迎春节也超过，这里的人原是这样肆无忌惮地行乐了一日，不久过年了。

不久春来了。

当春天，还只是二月，山坡全发了绿，树木抽了芽，鸟雀孵了卵，新雨一过随即是温暖的太阳。晴明了多日，山阿田中全是一边做事一边唱歌的人，这样时节从边县里派有人来调查设官的事了。来人是两个，会过了地方当事人，由当事人领导往各处察看，带了小孩子在太阳下取暖的主妇皆聚在一处谈论这事，来人问了无数情形，量丈了社坛的地，录下了井灶，看了两天就走了。

第二次来人是五个，情形稍稍不同：上一次是探视，这一次可正式来布置了。对于妇女特别注意，各家各户去调查女人，人人惊吓不知应如何应付。事情为猎人徒弟之一知道了，就告了师傅。师傅把六个年轻人聚在一处，商量第一步反对方法。

年长人说："事情是在我们意料中出现了，我们全村毁灭的日子到了，这责任是我们的责任。应当怎么办，年轻人可各提供一个意见来讨论，我们是绝不承认要官管理的。"

第一个说："我们赶走了他完事。"

第二个说："我们把这些来的人赶跑。"

第三四五六意见全是这样。既然来了，不要，仿佛是只有赶走一法了。赶不走，倘必须要力，或者血，他们是将不吝惜这些来为此事牺牲的。单纯的意识，是不拘问什么人，都是不需要官的，既然全不要这东西，这东西还强来，这无理是应当在对方了。

在这些年轻简单的头脑中，官的势力这时不过比虎豹之类稍凶一点儿，只要齐心仍然是可以赶跑的。别的人，则不可知，至于这七人，固无用再有怀疑，心是一致了。

然而设官的事仍然进行着。一切的调查与布置，皆不因有这七人而中止。七个人明示反抗，故意阻碍调查人进行，不许本乡人引路，不许一切人与调查人来往，又分布各处，假扮引导人将调查人诱往深山尽他们迷路。结果还是不行。

一切反抗归于无效，在三月底税局与衙门全布置妥了，这七个人一切计划无效，一同搬到山洞中去了。照例住山洞的可以作为野人论，不纳粮税，不派公款，不为地保管辖，他们这样做了。

新来的地方官忙于征税与别的吃喝事上去了。所以这几个野人的行为，也不曾引起这些国家官吏注意。虽也有人知道他们是不肯归化的，但王法是照例不及寺庙与山洞，何况就是住山洞也不故意否认王法，当然尽他们去了。

他们几个人自从搬到山洞以后，生活仍然是打猎。猎得的一切，也不拿到市上去卖，只有那些凡是想要野味的人，就拿了油盐布匹衣服烟草来换。他们很公道地同一切人在洞前做着交易，还用自酿的烧酒款待来此的人。他们把多余的兽皮赠给全乡村顶勇敢的男子，又为全乡村顶美的女子猎取白兔，剥皮给这些女子制手袖笼。

凡是年轻的情人，都可以来此地借宿。因为另外还有几个小山洞，经过一番收拾，就是这野人等特为年轻情人预备的。洞中并且不单是有干稻草同皮褥，还有新鲜凉水与玫瑰花香的煨芋。到这些洞里过夜的男女，全无人来惊吵地乐了一阵，就抱得很紧，舒舒服服睡到天明。因为有别的缘故，向主人关照不及时，就道谢也不说一声就走去，也是很平常的事。

他们自己呢，不消说也不是很清闲寂寞，因为住到这山洞的意思，并不是为修行而来的。他们日里或坐在洞中磨刀练习武艺，或在洞旁种菜舀水，或者又出到山坡头湾里坳里去唱歌。他们本分之一，就是用一些精彩嘹亮的歌声，把女人的心揪住，把那些只知唱歌取乐为生活的年轻女人引到洞中来，兴趣好则不妨过夜，不然就在太阳下当天做上点儿快乐爽心的事，到后就陪到女人转去，送女人下山。他们虽然方便却知道节制，伤食害病是不会有的。

这些年轻人身上所穿的衣裤，以及鹿皮抱兜，就是这些多情的女人手上针线做成。他们送女人则不外乎山花山果与小山狸皮。他们几个人出猎以前，还可以共同预约，得山羊便赠谁个最近相交的一个女人，得野狗又算谁的女人所有。他们的口除了亲嘴就是唱赞美情欲与自然的歌，不像其余的中国人还要拿来说谎的。他们各人尽力做所应做的工，不明白世界上另外那些人懒惰就是享福的理由。他们把每一天看成一个新生的天，所以在每一天中他们除了坐在洞中不出，其余的人是都得在身体与情绪上调节得极好，预备来接受这一天他们所不知道的幸福与灾难的。他们不迷信命运，却能够在失败事情上不固执。譬如一天中间或无法与一小山鸡相遇，他们到时也仍然回洞，不去死守的。又譬如唱歌也有失败时，他们中不拘是谁，知道了这事情无望，却从不想到用武力与财产强迫女子倾心过。

因为一切的平均，一切的公道，他们嫉妒心也很薄弱，差不多看不出了。

那师傅，则教给这几个年轻人以武艺与渔猎知识外，还教给这些年轻人对于征服妇人的法宝。为了要使情人倾心，且感到接近以后的满意，他告他们在什么情景下唱什么歌，以及调节嗓子的技术。他又告他们如何训练他的情人，方能使女人快乐。他又告他们如何保养自己，才能成为一个忠于爱情的男子。他像教诗的夫子指点他们唱歌，像教体操战术的教官指点他们对付女人，到后还像讲圣谕那么告诫他们不可用不正当方法骗女人的爱情与他人的信任。

师傅各事以身作则，所以每晨起身就独早。打老虎他必当先。擒蛇时他选那大的。泅水他第一个泅过河。爬树他占那极难上的。就是于女人，他也并不因年纪稍长而失去勇敢与热诚！凡是一个女子命令到几个年轻人办得下的，与他好的女子要他去做，也总不故意规避的。

人类的首领，像这样真才是值得敬仰的首领！

日子是一天一天过下来了，他们并不觉得是野人就有什么不好处。至于显而易见的好处，则是他们从不要花一个钱到那些安坐享福的人身上去。他们也不撩他，不惹他，仍然尊敬这种成天坐在大瓦屋堂上审案、罚钱、打屁股的上等人。

国家的尊严他们是明白的，但他们在生活上用不着向谁骄傲，用不着审判，用不着要别人坐牢挨打，所以他们没有一个官管理，也自己能照料活下来了。

他们是快快乐乐活下来了。至于北溪其余的人呢？

北溪改了司，一切地方是皇上的土地，一切人民是皇上的子民了，的确很快地便与以前不同了。迎春节醉酒的事真为官方禁止了，别的集社也禁止了。平时信仰天的，如今却勒令一律信仰大王，因为天的报应不可靠，大王却带了无数做官当兵的人，坐在极高大极阔气的皇城里，要谁的心子下酒只轻轻哼一声，就可以把谁立刻破了肚子挖心，所以不信仰大王也不行了。

还有不同的，是这里渐渐同别地方一个样子，不久就有一种不必做工也可以吃饭的人了。又有靠说谎话骗人的大绅士了。又有靠狡诈杀人得名得利的伟人了。又有人口的买卖行市，与大规模官立鸦片烟馆了。地方的确兴隆得极快，第二年就几乎完全不像第一年的北溪了。

第二年迎春节一转眼又到了。荒唐的沉湎野宴是不许举行的，凡不服从国家法令的则有严罚，绝无宽纵。到迎春节那日，凡是对那旧俗怀恋，觉得有设法荒唐一次必要的，人人皆想起了山洞中的野人。归籍了的子民有遵守法令的义务，但若果是到那山洞去，就不至于再有拘束了。于是无数的人全跑到山洞聚会去了，人数将近两百。到了那里以后，做主人的见到来了这样多人，就把所猎得的果狸、山猪、白绵野鸡等，熏烧炖炒办成了六盆佳肴，要年轻人到另一地窖去抬出四五缸陈烧酒，把人分成数堆，各人就用木碗同瓜瓢舀酒喝，用手抓菜吃。客气的就合当挨饿，勇敢的就成为英雄。

众人一边喝酒一边唱歌，喝醉了酒的就用木碗覆到头上，说是做皇帝的也不过是一顶帽子搁到头上，帽子是用金打就的罢了。于是赞成这醉话的其余醉人，头上全是木碗瓜瓢以至于一块猪牙帮骨了，手中则拿的是山羊腿骨与野鸡脚及其他，作为做官做皇帝的器具，忘形笑闹跳掷，全不知道明天将有些什么事情发生。

第二天无事。

第三天，北溪的人还在梦中，有七十个持枪带刀的军人，由一个统兵官用指挥刀调度，把野人洞一围。用十个军人伏侍一个野人，于是将七个尸身留在洞中，七颗头颅就被带回北溪，挂到税关门前大树上了。出告示是图谋倾覆政府，有造反心，所以杀了。凡去吃酒的，自首则酌量罚款，自首不速查出者，抄家，本人充军，儿女发官媒卖作奴隶。

这故事北溪人不久就忘了，因为地方进步了。

一九二九年三月一日于上海

据说朋友××被拷打到不成样子，一讯问完毕是用几个人曳拖着回到监牢里去的。在另一方面虽然是这样仍然没有得到多少用处的口供，因为他仿佛到了使办案人无可奈何的时候。同时最高干部×××有与××缓和妥协的表示消息已经证实，所以我有一天被允许得到××一个医院去看他的机会了。

因为先前听人说到是怎样怎样的，凡是稍稍有了嫌疑的人皆如何地吃了亏，我没有到那医院以前，想到的朋友气色，是完全把另一时所看过的死囚做模拟标本的。心性为一种无裨实际的悲愤所支配，下午五点钟左右，我到了那军医院门前，把副军长给我的那特别条子送给挂号处。那个中年汉子，正同里面一个肥书记说一种笑话。两人脸均绷得很圆。掉过头来望了我一会儿，仿佛不甚相信我有这权利，用他那种做官的神气把眼光从我身上又移到副军长的条子上去。

“同志，你是要看×××吗？”他这样说了，然而完全不像是同我说话。

我不答，因为他无论如何总不能疑字条是假。

“可不可以写一个姓名在簿上？”话虽是这样说，口气却正像命令，“写一个名字上来。”

我仍然不作声，就拿起面前那支笔来，如命照写。

我签了名，以为这么当把我引到我那朋友住处去了，谁知道这汉子这样细心，对我的签名还看了一会儿。他的脸上还是为原有的笑话而笑着，完全不在我的事情上，并且不久他又去应付另外一件事，因为又有人拿手条来找人了。

对于另一个同志，他仍然是要那人签名，虽然那特许条子已写得极其清楚。大约那另一同志也想到了这是手续，不能不照办了，就如我一样地把姓名写到我那一行后面，写完了就把笔一放。

到后我们同样地在等候，站在那柜台前面，这办事人他把脸向里面去，听一个搁下了笔说着笑话的圆脸书记未说完的笑话去了。

我待要说话之前那同志可不能再忍耐了，他说："同志，你怎么？"

这汉子，把我做了盾牌，回了头，说："这同志还先来。"

"你干些什么事？"

"你说我干些什么事？你那军服到这个地方是不能吓人的。"

"同志，这是什么话？你这样是在尽你的职务吗？"

"……"这汉子，用眼睛估量了这戎装的年轻人一下，恶意地笑着，做着"好角色好角色"那种讥诮神色的夸赞，却向我打招呼来了。

"同志，这是手续，你当明白。"

"明白。"我说。

他以为我是一个商人，或者是从商人团体里出身的同志，太容易用官样文章对付了，故意做出服软却不服硬的神气，表示不理那后来的一位同志，愿意为我先把事情办好。他一面把字条送到那书记处去，那书记又把字条看了一会儿，接着移动着桌上那打字机一类的东西，剥剥剥剥响着，便打出一个纸片来了。感谢天，我居然从这同志手中得到了这纸片，可以到楼上病室去。

但走到楼梯边，却又被人拦住了。一个看护说不行，这理由我还没有听清楚，就被她那气势迫到楼下了。我望到这年纪约有了三十岁的看护，一个雀斑的瓜子脸，使我疑心她不是方才到楼上面被一个武装同志鲁莽地亲了嘴，绝没有这种不高兴神气。既不能上去，于是我退到挂号处长凳上坐下了。

借了回廊送来的反光，于是我看到医院墙壁间半年前被枪子打穿的地方了，虽然填补了新的粉泥，破裂小孔皆不能见到，但我还是可以从想象中得到什么地方是如何情形的。据说××军的西退，是以这大楼做负隅，四楼上有五架机关枪对准了××大路做扫射，而第七师目标，也就向这一座楼房取着包围形势作战。不消说我坐的地方，或者就趴了一些死尸，而最先进到这里门外的七师同志，也就有被手弹炸死到门前的若干人。

这些是过去的事了。一切血，一切恐怖，全过去了。因为我坐在那地方，看到从身前来往走过的年轻护士，都生长得好像很美，比另一时在汉口所见到的做政治工作的女同志多了不少娇丽。并且我能有心情注意到这些女人优美的身材，是近日的事。半年前，却完全是个疯子，好像美与丑在我心中是没有这种区别的余裕。看到这些女人，觉到这些是青春，且玩味着自己近来幻灭的心情，的确在一些事物已找到所谓革命成功的证据了。

我就望到那些虽然填补仍然免不了新的痕迹的地方微笑，忘了我是来看朋友的人，也忘了其他纠纷。

忽然挂号处一方起了大的争执声音，我才记起同我在一起来找人的那军校学生模样的同志。不消说，一面是“你忙我偏不忙”的闲散，一面是“该死的东西”那种切齿神气吵下来了。这些事在革命成功以前自然是不会见到的。因为那时的团结，有消灭这气氛生长的理由，如今不同了。任怎么说如今也不同了，听到了吵声，我站起来走到挂号处去看。我坐处去挂号处应当转弯，还应当过一短短甬道。

真是可怜的事，出于我意料以外的是这两个人不知因为什么方便竟隔了一个低低木台互相扭着了。不但如此扭着了事，而且像揉打过的模样，两三个院中人劝也无法把这冤家拆散，着急的混乱情形也见到了。

那挂号处汉子，老同志模样，一手正揪着那武装同志的领口，而自己的下颌也正被青年同志强有力的拳抵着，不能转动。我一来，不知如何两人同时却松手了。大约我从较暗处奔出，他们以为我是院长。

我望到这些人无话可说。

可是武装同志手上流血了，我见到这一只浴着血的手。这是仿佛一拳打去时碰着牙齿而伤了的，因为我又看到那掌柜模样的挂号处同志，吐着也是红色的口沫，没有流血的，大约也帮到在一旁流着汗。

到认明我不是院长，再动手也像不行了，于是他们互相大声地吵着，劝的人也大声地嘟囔着。我自然很清楚这战争流血的起源。虽然明明白白见到革命同志的血，也仍然无话可说，因为动了手，倒以谁打了胜仗为合理。他们吵着，对于理由的各持，到后像看到在身旁的诸人皆不是法官，不想明白“理由”这一种东西，就更天真地互相骂起野话来了。两人扭打时恐怕还应吃一点儿亏的挂号处那汉子，到互骂，也就不让武装同志便宜独占了。大约若不是一个外国人同一个院长模样的中国人从楼上跑下来，我还可以听到许多不易入耳的典故、奇僻的野话。院长一面是军部长官，这两人即刻就有人服侍他们到军部去。

看完了这一幕流血，我跑到楼上去，在一单间病室见到朋友××了。三个月的分手××已几乎不再认得我是谁了。

在病床边，我握了他伸出来微抖着的瘦手。

我们互相望着，各人的颜唐皆给了对方大的惊讶，我虽先已将朋友的憔悴想成临刑的死囚，也应仍然免不了难过。

“怎么成了这样子？”

“你呢？也不像你了。”

说着话朋友××只苦笑。

朋友还没有完全知道最近××妥协的事，只以为被拷打到终没有头绪，有同志为证明自己是没有对C省暴动事件有所计划了，故放出来住到这医院养息。直到听到我讲××派如何如何的阴谋，到最近因K省事如何有了妥协，朋友才知道自己的出狱详细情形。

朋友眼中含着泪，说：“以后你以为……”

“以后……”

“我想我是完了，我好了我将到日本去住。”

“你脚不坏吗？”

听到说脚，朋友仿佛才想起自己的腿以下的伤处，他要我把所盖的薄毯子甩去。我正预备取去毯子。留在门外像是受了人所指使来探听我们谈话的看护妇进来了，向我摇着手。

我问她：“××同志不要紧吗？”

“快好了，一点点，过十天就可以离院了。”

说了这话的看护，像是监视着我们的神气已不再出房了，我问朋友××在狱中情形，朋友只望到看护，不作答。我知道我说话也应当小心了，暂时就不说话。

到后我和朋友说及楼下流血的事情。朋友也像对此事非常有兴味，非常注意地听，似乎我们三个月没有见面，就只需谈谈这类近于笑话的他人的事情，作为请求副军长把特许字条写给医院的理由。我明白这道理，就不谈其他事情，只同朋友近于打赌地来猜想军部里将如何处置这件事。朋友说，“事情一定是两人先都送到医院，把伤治好了再送进……”

这话使那有侦探责任在身的看护也笑了。

从朋友病室回到住处的我，在已显着天下太平的车马熙来攘往的大街过身，放白色转青的煤气灯光下，看着年轻的武装同志，崭新的有放光金属刺马距的皮靴橐橐地在新柏油大路旁缓步，因为搂着并排行走的华装白脸女人的腰，手也没有空闲，我心中就仿佛极其空虚，大有“蹙蹙靡所骋”之感。朋友因为努力于党事为人暗算，怎样忍受这新时代所有的酷刑我却不能想到了，我就只想医院楼下那近于趣剧的流血的小事。

任怎样解释也不能把怀恋过去一段好的光景作为目下所见的对比而自慰。革命是已经停止在一个阶段上了，我们在这阶段上看到的将是这些与近于这些的一切，不能希望其他。

“人像真是落伍了……”

虽然还时时被一切人指为激进的思想不稳当的我，回到了自己的住处，想到自己在某一意义上真要辩解这不落伍理由也不可能，能就自讳的如落伍者思想一样，但梦想誓师北伐时代一般同志的兴奋与诚实，以及人格上的光荣。一面看书，看到“从血管里喷出的才是血”，医院白天所见到的血俨然还在眼前，我觉得鲁迅这个人，也不过是呆子之一，若见到事情较多，这呆话也不说了。

○○○元宵

□一 家中

一个为雷士先生写小传的人，曾这样写过：一个中年人，独身，身体永远是不甚健康到使人担忧，他的工作是用笔捕捉这世界一时代人类的姿态到纸上。

因为是元宵，这个人，本来应当在桌边过四小时的创作生活，便突于今天破坏了。先是想出门到某一个地方去看一个朋友，到临出门时又忽然记起今天是一种佳节，在这家有主妇与小孩子的家庭中，做一不速之客真近于不相宜，就又把帽子掷到房角书架上，仍然坐到自己工作桌前了。

心里有东西在涌，也说不分明是什么东西。说是“有”，不如说是“无”。他感到的是空虚。心情不能向任何事寄托，如沉溺的人浮在水面，但想抓定一根草或一支苇，便仿佛得了救，他于是在思索所有足以消磨这一天的好办法。凡是办法他全想到了，在未去实行之前，先就知道这样不行那样不行，到后就只有痴坐在那里，面对窗格数对窗墙上的土蜂窠出入孔的数目了。

那覆在墙上如一堆牛屎的土蜂窠，出入泥孔道是六个，其一尚仿佛如普通许多地方之小北门，虽有此道，却用物堵塞，禁止出入，为取吉兆那样子。他望到蜂窠出神，不知道究竟这泥球内有无生物，假使是有，这些蜂子又正在做些什么事，思想些什么。他愿意知道它们多一点儿，但做不到。他其实，何常不愿意也多知道自己一点儿呢？但自己空虚的心情，是已分明了，如何将这空虚离开身边，如何把生活变成如一般人那样，既不缺少兴味，也不缺少快乐，他可永远不清楚了。

仿佛烦恼来了，就工作，不能工作也俨然做着工作的样子，一面想，这是往日的办法。有了这办法，生活在本身上虽找不出意义，但另外，间一翻翻文件盒里的成绩，似乎是这样仍然可以单独活下去了。且当想到一切过去的伟大前辈，是如何在刻苦中度着日子，又不禁兴奋起来。想到在生活上苦战的英雄疮痍满身的情形，再看看自己，则又不禁脸上发烧。在另一时，自己的行为，不就已经给人说过这是“英雄”这是“战士”了么？过去的，另一时代的战士之流，是不是也就相差不远，那不可知。然而所谓享乐者徒众，他将用什么方法在什么情形下消磨着这每一天呢？明灯华筵周旋于女人之间，回来则头痛心烦；或留心自己脸上一点儿粉刺，便每日照医生所嘱咐做事；或为一件衣和缝工吵嘴，不能自休……这里就无处不可以得到人性的真实源泉，鄙视、憎愤、无端的倾心与有意的作伪，随时随处可遇。这些人，自然也就不缺少着那所谓烦恼，然而所烦恼者，当为另外一事，不比这时的他是十分显明的。这时的他一事不能做，即空想，也倦于展开。

一个思想粗糙的人，他的行为将近于荒唐，一个思想细致的人，他可以深入人生，然而一个倦于思想的人，他是只有幻灭的悲恸咬他那颗心的。

他低头坐下，望了望脚上的皮鞋，鞋为新置，还放光，鞋底边的线尚不曾为泥弄脏。因为鞋，想起买这鞋那一天，在那鞋店外边，见到的一个女人苗条身体，看女人仿佛近于暗娼者流，就有意无意跟到那女人走去，随后发现了这女人是舞女，就又回头返家。鞋子使他生的联想不过如斯而已。若是自己欢喜跳舞呢，那等到夜间，穿上这样一双体面皮鞋，到各舞场去找那天鞋店前见到的舞女，陪她舞一夜，大致是可以感到一种沉醉的。但他不是能跳舞的人，他不学，懒去花费那一番功夫。

过一会儿，皮鞋与跳舞的梦过去了，他就把皮包从衣袋中掏出，检查所剩的钱有多少。检查结果知道了钞票五元的是十张，一元的是九张。还有一张一百元的汇丰银行券为昨天一个书铺送来的，还不曾拆兑成零数。他把皮夹捏在手上，想了想，若把这点点钱用到荒唐事上去，就可以使别人同自己即刻变成密友，也可以使一个好女人堕落，一个乞丐因得此欢喜而死，就摇了一摇头，啪地把皮夹丢到地板上了。

然而他仍然望到这黑色印有凸花的小皮夹，仿佛见到这皮夹自己在动，且仿佛那钞票就像一杯酒，在那里劝驾，请他找机会好好用它一用，一面还似乎在那里分解，说："这也可以说是诱惑，可完全不是恶意。"他承认这真不是恶意的。

一个曾经与金钱失过恋的人，对于钱的皈依是明白它的善意的。有了钱，于他是可以增加在人前若干勇气的。没有钱时他就想到他非常善于用钱的事情，买这样那样，或送谁借谁，都以为只要有钱时这样一做，当可以得到一种快慰，如在神前还愿。如今是钱在手上了，他却不能把这个钱照他所想的去做。从前想到这样那样是可以得到幸福的，这时仍然不够了。在没有钱时节，他以为，若果有了钱，就可以把无聊这两个字在字典上勾去，如今他明白钱不是能帮助他获到他所要的东西了。一个老年人，身边儿女绕膝，在家做善人，用钱打发在门外叫喊的无告者，钱的确能给这老翁好处的。一个赌徒，在新年中输了钱，正感无法可以扳本，得到一笔小款，他同样也能感到钱的好处。穷人自然以钱为命，钱与幸福也不能分开，无从分开。可是，他拿这一点儿钱有什么用处？

买书，书架上的新书已不能再加一本，床下未看过的书也满了。缝衣则他不等穿新衣会客。送人则不知应送给谁，至于凡是穷的就送，他又以为这样善事应当让那些阔人去做，可不是他的事。胡花，仿佛只有这个办法了，但是把烦恼当成一种病，这病可不是把钱胡花就可以医好的！

他不愿意吃酒看戏，又不欢喜到赌场去，又不能更荒唐独自跑妓院去玩，这钱要花也难。

今天十五，他记得很清楚。因为是十五，就像平常那样去各处走走也不行了。在这种日子，朋友中有家的，纵或比平常还更热诚地款待你，做客的也不会得到好处。朋友若独身，则多数不会在家，总出门到熟人处喝酒打牌去了。

一个身在外国的人，对于佳节的来临，自然很寂寞。一 个身在本国的人，也还是感到寂寞，那缘故又不是穷，当然是另外一种情形了。他明白自己，却不敢去思索这个问题的。

他只烦恼，并不细细追究为什么这样自苦。

在他那生活中就有那烦恼病根存在。“一个中年人，独身，身体永远是不甚健康到使人担忧，他的工作是用笔捕捉这世界一时代人类的姿态到纸上。”在这几句传略中，就潜伏了这人病的因子，不承认那怎么行。不承认也罢，就说是看不起所目睹过的一切女人，因而搁延下来了，话不妨这样说。然而总应当有那样可以倾心的女子，生到这世界上另一个地方另一个家中！在某一时这精细的头脑，也应当想到这一件事来吧。应当想到过什么样女子是可爱的女子，什么样女子是可以做妻室的女子，无目的的梦也总在较年轻的心中做过吧。在这时，虽不是在那里应付一件恋爱，或应付一件债务，然而就正因为不敢去对这债务加以注意或清理，意识的潜沉，就更容易把人性情变成悒郁无聊，觉到生活近于一种苦事了。

应当去做的事，因为中世故的毒太深，以为这是一种笑话，已变成极其萎悴柔弱的人了。思虑绵密在事业上可以成功，在生活上却转成了落伍的人。所以这时的他，就只是仍然在桌边，连心情的放荡也不曾有。他没有比喻，没有梦，没有得失，因此所有的就是空虚了。

一个人，生来若应当用行为去拥护思想，他想到的就去做，这人是无大苦的。若思想是应当裁制行为，则有思想的人能帮助人的行为，当向前时就向前，他也不会大苦。知道了思想与行为的如骨附肉，便不想，也不做，只徒然对于一切远离，然而仍然永远是负疚的心情，他是这种人之一个。不幸的地狱便是为这一类人而设的。虽然这事也只是局外的人才能看出，他自己实在永远不会看到他不幸分量之多。

也同旁人一样，生活的改变是他所需要的。因为一切习惯是不可耐的，如沉在泥中，出气也渐近于淤塞。他又想到若干变更自己生活的方法，只除了结婚一件事不想。其实，则没有比这个对于救济这时的他更为有效了。但他不对这个事多想，就因为有所谓“俨然笑话”的嘲讽先对自己的心情加以攻击，到后他索性什么都不想了。

他无聊无赖，把脚拍打着地板，地板发出嘭嘭的声音，他于是又想起了买鞋，跟到女人背后走，走到了大东见到那女子与那舞场职员说话，就返了身。脚下的鞋子给他的联想慢慢使他惘然失神了，他以为，若果是有这样一个女人愿意同他结婚，他无论如何要爱这女子一世，就是这女子再坏，同别人好欺骗他，只要这欺骗不为他知道，也无关系。他所想到的女人不是在他生活情形下所找不到的女人。就再好一点儿，完全一点儿，也不是很难的事。难的倒是他并不将这想望与事实连在一起，故无从稍有结果。日常生活中，社会上不乏与他同样身份的女子，极方便中同在一处，到这时他想到的却是凡女子都很平常，人的生存总是为女子以外的，虽然他说不出为女子以外的什么，但在女子面前，他决不会承认自己有理由做成一个癫子模样来为女人难过，这是经过太多回数试验过的事了。另一时，走在路上，像被一些擦身而过的女人，带去了一点儿他身上什么。总之他的事，只有自己明白。有时到自己也不明白，那就是这无所排遣的时候了。到了这种时候才觉得一切的智力骤然失去，心情忽然与年龄不相称起来，他就免不了把固定秩序破坏，变成世俗所说放荡人了。

人究竟为什么而生存？想也想不通的。每到这种时候头脑中便仿佛生了若干刺，无从拔去。他隐隐约约看到这刺的锋芒，他隐隐约约仍然不断地用手去拔，手也仿佛流了血。这时真能流血是好的。凡事到流血，总比闷到瓮中死去好多了。到见血，那可以喊叫了，可以呻吟了，也可以用力来反抗了。但心被麻木了的人，他睁眼望到自己僵僵地与世界离远，他不能伸出手来打谁一拳，又不能把他所能在人面前做的笑脸给谁去看。他这时不能做好人也不能做坏人。他只看别人在他身前骑马过去，看到那马蹄下灰尘飞起。他看到有些人眼泪流到虚荣与狡诈上，又看到有些人在他亲人前装模作样，撒娇撒痴。他看到别人的富丽辞藻，与壮观的抄袭，使他目眩心惊。他看到口若悬河的辩士，站在高台上说谎，得到无量的掌声喝彩。他看到日影在墙上移动。

日影在墙上移动，他看到这一点儿秘密，忽然有所澈悟。决定出门了。按了电铃，听差来了。这是一个瘦得可怜的人，薄薄皮包着骨，手上的青筋如运河，起伏有序。他望到这听差的瘦身材不作声。进门了的听差，见主人无话说，知道是要出门了，就把帽子从书架上取下来，用袖口抹抹灰。到后又见到地板上的皮夹了，就弯腰将那皮夹拾起。

“为什么我要你买那个药你又不买？”

听差不答，只笑。

他又说：“是不是把钱又……”

听差仍然笑。

他把皮夹打开，取出一张五元钞票塞到听差手中：“这次记住买！我担心你是肺病。”

“前几天张先生不是为我检查过了？他说不妨事，肺比许多人还健康的。我倒想……”

听差说要什么他不听了。他把呢帽接过手，走出房门了。

▣二　书铺

到了街上，人很多。本来平时就极其热闹的大街，今天是更见热闹了。

他看人。信步走了很久的时间，走到一个书铺了，就走进去看看。书铺中全是买书的年轻男女。望到这些年轻的天真烂漫的脸，他只发愁。走到自己几种书的陈列处去，也堆了十多人在那里选书。大约是新年，这些年轻人从家中得了一点儿钱，就相信了教师的话，来买他的书读了。望到这些人从袋中把钱取出，送给书店伙计时，他就想自己若有多钱，真应当印一万本书送给这类人看。望到这些人得了书还等不到拿回去，就在书店翻看，且有些嫌书价太贵，不能买，就站在那书架边看，不忍放手，他就想走过去说，可以送这人一本。

他看了每一个在翻他小说集的年轻人的脸，心中有一种惭愧，觉得这些人真是好人。

若果这些人，知道身边这沉闷萧条的人，就是这一堆集子的作者，将用什么眼光看待这个人？他想到这件事，就走到两个中学生模样的年轻人身旁去，看他们在翻些什么书。书铺中伙计也不认识他，所以正在那里介绍他的一本长篇小说给两个学生听，还把书送给他一本，意思劝他买一本。

他望到手上一本自己所作的书，封面也是自己画的，且看看这书铺伙计的圆脸圆眼睛，和气得可爱，就点点头，要伙计把书包了。那两个学生见到他买了这书，才似乎下了决心，也选出两本要伙计算账。他对这两个年轻人笑着，想说什么不说，又走到别一处去了。

到另一处谁知那个圆脸伙计又走来，拿了他的另一本书，说这书很好，很有销路，应当买一本。他又买了一本。圆脸伙计真是会做生意的人，以为来买书的真信了他的宣传，对作者生出敬仰了，就将所有十多种集子各取一册来放在他面前，且一一为指点这一集内容是怎么样，那一集内容是怎么样，看那样子似乎这人全把这些书背得成诵，且与作者非常熟悉，对于作者生活性情也非常清楚。

他只对这伙计笑，不说要也不说不要。为了信任起见，这伙计又由他自己的心里找出一些对作者高明的处所加以称赞的话，这生意是非做不行了。他到后就又答应了每种包一本，一总算账。

他问那伙计，有多少钱一个月。

伙计笑，仿佛忸怩害羞，问了两次才说只有饭吃，到半年后才能每月有三元薪水。

“你读过几年书？”

“小学毕了业。”

“也能看小说不能？”

“能。小说看得可不少了。”

“欢喜谁的？”

“欢喜的很多，这个人的也很欢喜，我昨天还才读那本游记。”

“你也有空看小说！”

“是夜间无事我同他们那几个人（他就用手指远处的较大的伙计），全是看小说。我还见到过鲁迅先生！是一个胡子，像个官，他不穿洋服！”说着这样话的伙计，自己是很高兴的。大约在平时是不容易有机会同人说这些话，所以这时就更显得活泼了些。

那伙计一面写发单，一面还说哪几个作家是穿洋服的，哪几个又穿长衫，料不到这小小脑子记得那么多事情。看年纪还不过十六岁，就知道中国这时许多人物，将来真也是个了不得的人物！不过他想起这人在半年后才有三元一月的薪水，惘然了。那么对于买书人殷勤，那么对书的销数尽职，就吃老板一点儿饭，中国的情形使他有点儿难过了。

他看到这伙计用那小手极其熟练地把书包上，又把发单到柜台上去缴钱，心里莫名其妙的酸楚。在填写发单时，这小孩还关照一声，说若是作家来买，还只要七折，作家买自己出版书则对折，那是顶合算的。他并没有说他如今就是买自己的书。他只望到这年轻人圆脸发愁。伙计把书同应找还的钱送给他时，还另外送了一张上面载有他未曾出版新著的预约广告。

他以为是这伙计还希望他买一预约券，就说：“我是不是还可以先买一预约？”

“慢一点儿再买好，这书恐怕不能在下月出版。”说这话时轻轻的，说过后且望了一望左右。这伙计是因为做了将近十块钱生意，特意关心起主顾来了。

本来这书还未脱稿，这时听到这伙计说慢一点儿买预约，他就想这书将来若写成，当写着特为给这小朋友的一句话了。他觉得这年轻人是比起自己来还更伟大一点儿的，自己站到这洁白灵魂的面前，要多说一点儿话也说不来。他想应当使这年轻人知道自己的感谢，但他不说话，终于走了。

他纵能帮助这个人，也不知如何帮助，且好像还不配帮助。至于这伙计，却全无他望，这是很明白的。这个人，也不是求心之所安，已成天站到书柜边为他尽过无数日子的力了。他既无骄傲也无愤懑，日子过下来了。这个人若是也有所谓生活的梦，大约想到的，也不外乎是在半年以后，每月三元的月薪，可以添置新白布汗衣一事而已。当与这年轻伙计同样年龄时，他身在乡下做一小饭馆的学徒时，那时所做的梦，尚不敢想到一月有三块钱。再过十年也许这伙计也将因为一种奇怪的机遇，成为另一种人吧，或者聪明一点儿做了委员，直爽一点儿就被人捉去杀了。想到这里，觉得人事就是如此，多想亦等于徒劳，就不再在那书铺耽搁，把书夹在胁下走了。谁知正在此时那卖书处起了争吵了，另一伙计与两个年轻学生越嚷越凶，所有买书的都围拢去了。问原因才明白是因为这人买了书两本，到包好，算完账，却用不曾带多钱的理由退一本书，换一本书，然而伙计则因为发票写好不能更改，故劝这人拿钱来取书。本来两面全是好意，不知如何却吵了嘴，他走过去看。就见到那两个人正是先前在翻阅他著的《血与水》的人，就问这两个人要换什么书，可以到柜上去同他们交涉，不要同伙计吵。

“我们要他换××，这伙计嫌我们麻烦了他，不肯换。”

“决不是。他们先又说要《血与水》两本！”伙计说给他听。

一个管事的过来了，正要说话，他把管事的拉到人身后去，告给了管事的他是谁，就要这管事的喊伙计将他所有陈列在书架上的集子各捡一册包好，等买书那人出门时，就给这两个年轻人，说是作者送他们的，他把话说完，签了一个名在账房柜台的簿子上，就走去了。他不敢在书铺外边停留，因为恐怕那年轻人出来时认得到他，他过意不去。一边走一边好笑，以为今天做的事是顶痛快的事。他猜想这两个年轻人必定还吃惊不小，或者不好意思要这书。他又想这事若为那圆脸圆眼小伙计知道，不知这天真烂漫的人将来对另一主顾又将如何去说今天的事了。

三　街上

他走上了大街，把刚才书铺的事放下，心中又有点儿空虚来了。他见到那样多的人同车子，见到那样多货物，与空中的电线，说不出的寂寞又慢慢地加浓，觉得在大路上走也不成事了。

他想不如返家好一点儿。就回头走。走了两步看到路旁有一辆人力车，他就不讲价钱坐上去，用手指前面，要车夫向前面拉。

这车夫太聪明了，看到车上人情形，以为是命令他向前赶车了。适巧前面走的是一部包车，车上坐的是一个女人，这车夫就回头向他会心一笑，一直向前面车子追去。事情显然是误解了，但他却不言语，以为就是这样办也未尝不可。车追上了前面的黑包车，女人返身望，望到他，似乎认识，不作声仍然把头掉过去。然而拉他的车夫见到这女人回头，受了鼓励，却乐极了，以为得钱的机会到了，不知疲倦地紧追到前面车子。走了一会儿，女人又回头，似乎知道后面的车是特意追踪她来的了，回头时就略示风情，他仍然只有笑。

为什么忽然做起这样呆事，并且为什么这女人就正是上海的坏女人，他有点儿奇怪了。他想这样走着还不要紧，一到了什么地方，可就有点儿麻烦了。难道结果就像平常当笑话说的把这女人成为一件开心的东西吗？难道事是这样方便吗？就说真是这样顺利下去，到了以后怎么办？

到了一处，前面的车停了，女人进了花店。他的车夫也把车停住，回头问，“……”

两个人并不说话，他用嘴表示仍然向前走。车夫懂到这意思，然而一走过这花店前，车夫倒糊涂起来了。再向前，到什么地方去？车夫这时不得不开口了，就说：“去啥地方？”

“××××。”

“是××××？”

“是吧。”

车夫仿佛生了点儿气，就回头走，因为所取的道路应向南，如今却是正往北走。车夫回头走时脚步便慢了。他倒奇怪这车夫生气的理由了。他想，总不外乎是因为不进花店，使车夫也扫了兴，就要把车停在路旁。他下了车，从皮夹里取出四毛小洋送车夫。车夫无话可说，拖车走到马路对过接美国水兵去了。他就站在街边，望这车夫连汗也不及揩拭的样子出神。待到那车夫拖了水兵跑去以后，他一回头，又望到那花店门前黑包车了。他忽然想就进去买一束花也不什么要紧，走进去看一看也不算坏事。

□四　花店

他到了这花店里面时，见到玫瑰花中的一个人的白脸。这人见有人进来也正望他。女人就是这在车上回头的女人，见到进来的是他，先笑了。他想回头走。

女人喊道："雷士先生，你不认识我了吗？"

他痴了，声音并不熟悉，然而喊叫他的名字时，却似乎这女人曾在什么地方见到过了。他回身来点头，把帽子从头上摘下，他望女人一会儿，仍然想不起这人是谁。女人见到他发痴，就笑了。

"你不认识我了。我看你车子在后面，以为你是……"

"车子在后面？"

"是！我以为——"

"你以为我——"

女人就极其天真地笑，且走拢来。雷士茫然了。他想起如何无心地被车夫把他拖着追下来，又如何无心地下了车，又如何无心地进到这花店，且一时又总想不起这女人是谁，然从女人对他的客气情形上看来，又必定是这女子丈夫或哥哥之类如何与他熟悉，为了女人在刚才行为中的误会，雷士难过起来了。他觉得这误会将成一种笑话了，以为女子的心中，还以为是他故意这样做着那近于浪子的事，回去将不免对家中人说及引为笑乐了。想解释一下，又不知如何说出口。

女人以为他是在追想他们过去的渊源，就说："先生是太容易忘记了，大阪丸船上……"

"喔……"

"我是秋君！才是一年多点儿的事，难道我就老了许多？"

“你是秋君！老了吗？我这眼睛真……你更美了。”

“先生说笑话。……我知道先生住在这里。看报，先生的名字总可以到书铺广告上找得到，不过因为近来也忙，又明白先生的地方是……”

“怎么这样说，我正想要几个客！我无聊得很，一个人住到这里。你的名字我也仿佛常在报纸上见到！近来你是更进步了，你几乎使我疑心为……”

女人笑了，因为她也料不到一年前的自己与一年后的自己在雷士眼中变到这样时髦了。

因为面前站定的是唱戏的秋君，他原先一刻的惶恐已消失，重新得到一种光明了。他就问她现在住在什么地方，是不是还同母亲在一起。

“母亲也在这里，还有……母亲她也常念到你！雷士先生，你近来瘦了许多了，我先在车上不敢喊你，怕错。到后见你走路的样子，才觉得不会误会了。为什么近来这样瘦，有病吗？”

听到女人说到他瘦，他就用手抚自己的颊，做成消沉神气摇头，且轻轻地吁了一口气。

女人又问：“雷士先生，近来生活好不好？……想必很好了。你最近出版那么多书，还是昨天我才到××书局买到，送给我母亲，她老人家就欢喜看这种东西。”

雷士先生只勉强地笑笑，站到那花堆边不作声。

“今天过节啊！天气真好。”女人意思是说到天气则雷士当有话可谈了。

雷士先生点头，又勉强地笑，说：“天气真好。”

女人说：“雷士先生，预备到什么地方去？”

“到马路上去。”

“买东西吗？”

“没有地方去，所以到马路上看别人买东西。”

“怎么说得这样消沉？”

女人想了一想，就说：“雷士先生，愿不愿意到我住处去玩玩？我妈妈见到你一定格外高兴！”

他摇头。

“既然没事，就到我家去过节。我家中又并无多人，只我妈同我。吃了饭，我要去戏院，若是先生高兴，就陪我妈到光明戏院看看我的戏。”

他仍然不作声。意思是答应了。

这时女人对花注了意，手指到一束茶花，问雷士先生好看不好看。他连说“很好很好”，其实这话是为预备答复邀他到她家过节而说的，话答得不大自然，女人看出他的无主神气，也笑了。但女人因为雷士说这花很好，本来不想要的也要花店中人包上一把了。后来又看了一束玫瑰，也包上了。女人把花看好就问雷士：“你平时看不看过这地方的戏。”

雷士先生摇头。

“也可以看看。这里戏院不像北京的，空气不十分坏，秩序也还好。先生是写小说的人，应当去看看！我们做戏的人有时是比到大学念书的人还讲规矩的，先生若知道多一点儿，可以写一本好故事！”

“我有时还想去学戏！我知道那是有趣味的。跑龙头套也行，将来真会去学的。”

“这是说笑话！先生去学戏他们书铺也不答应的。中国人全不答应的。”

“不要他们答应！我能够唱配角或打旗子喝道，同你们一起生活，或者总比如今的生活有生气一点儿。”

“还是不要上台吧，上了台才知道没意思。我希望先生答应到我家去过节，晚上就去光明看我做戏，若是先生高兴，我能陪先生到后台去看那些女人化装，这里有许多是我朋友，有读过高级中学功课的女孩子！”

“好，就这样吧。”

女人见他答应了，显出很欢喜的样子，说：“今天真碰巧，好极了。母亲见到先生不知怎么样高兴！”

雷士见到这女人活泼天真的情形，想起去年在大阪丸上同这母女住一个官舱，因船还未开驶即失了火，当时勇敢救出这母女的事，不禁惘然如失。过去的事本来过去也就渐忘了，谁知一年以后无意中又在这大都市中遇到这个人。先时则这女子尚为一平常戏子，若非在船中相识，则在每日戏报的一小角上才能找出这女人的名字，然如今却成为上海地方红人，几乎无人不晓了。人事的升沉，正如天上的白云，全不是有意可以左右。即如今日的雷士，也就不是十年以前的雷士所想到，更不是一般人所想到。至于在他这时生活下，还感生活空虚渺无边际，则更不是其他人所知了。

他见到女人高兴，也不能不高兴了。女人说请他陪她到几个铺子里买一点儿东西，他想也应当买一点儿礼物送给这女人的母亲，就说自己也要买一点儿东西。女人把花放到包车上，要车夫先拖空车回去，就同雷士步行，沿马路走去。雷士小心谨慎地和这女人总保持到相当的距离。女人极聪明，即刻发觉了这事，且明白雷士先生是怕被熟人见到，同一女戏子走路不方便，就也小心先走一点儿。

◘五　街上

“雷士先生，”女人说，因为说话就同他并了排，“你无事就常到这里马路上走走吗？”

“这是顶熟悉的地方了，差不多每一家铺子若干步才能走过，我也记在心上的。”

“是在这里做小说吗？”

“哪里。做小说若是要到马路上看，找人物，那恐怕太难了。”

“那为什么不看看电影？”

“也间或看看，无聊时，就在这类事情上花点儿钱。”

“朋友？”

“这里同行倒不少，来往的却很少，近半年来全和他们疏远了，自己像是个老人，不适于同年轻人在一起了。”

“雷士先生又讲笑话了。我妈就常说，雷士先生在文章上也只是讲笑话，说年纪过了，不成了，不知道雷士先生的，还以为当真是一个中年人，又极其无味……”女人说到这里觉得好笑，不再说什么。

雷士先生稍离远了女人一点儿，仍然走路。心上的东西不是重量的压迫，只是难受，他不知道他应当怎么说好，他要笑也笑不出。

他们就这样沉默地走了一些时间，到后走进一个百货公司里去，女人买了十多块钱的杂物，他也买了二十元的东西，不让女人许可，就把钱一起付了。女人望到雷士先生很少说话，像极其忧郁的神情，又看不出是因为不愿意同她在一处的理由，故极其解事地对雷士先生表示亲近，总设法在言语态度上使他快活，谁知这样反使雷士先生更难过。

本来平时无论在什么地方全不至于沉默的他，这时真只有沉默了。人生的奇妙在这个人心中占据了全部，他觉得这事还只是起始。还不过三点钟时间，虽然同样是空虚，同样心若无边际，但三点钟以前与这时，却完全是两种世界。

这女子若是一个荡妇，则雷士先生或者因为另一种兴趣，能和她说一整天的话。这女子若是一个平常同身份的女人，则他也可以同她应酬一些，且另外可以在比肩并行中有一种意义。

他把这戏子日常生活一想，想到那些坏处，就不敢走了。他以为或者在路上就有不少男女路人认得到她是一个戏子。又想也总有人认识他，以为他是同女戏子在一起，将来即可产生一种造作的浪漫故事。故事的恼人，又并不是当真因为他同了这女戏子要好，却是实际既不如此，笑话却因此流传出去，成一种荒谬故事了。

女人见到雷士先生情形，知道他在他作品上所写过的呆处又不自然地露出了，心中好笑。为了救治这毛病，她除了即刻陪雷士先生到她家去见母亲，是无别的方法可做，就说到龙飞车行去，叫个黄汽车回去，问雷士先生愿不愿意。

“坐街车不行吗？”

“随先生的便，不过坐汽车快一点儿。”

“……”他不说什么，把手上提的东西从左移过右，其中有那一包书保护到他们。

女人说：“我来拿一点儿东西好不好？”

“不妨事，并不重。”

“雷士先生，你那一包是些什么。”

“书。”

“你那么爱买书。”

“并不为看买来的，无意中……”

“无意中——是不是说无意中到书铺，又无意中碰到我了？”

……

□六　车中

他们上了汽车后，用每小时二十五哩的速度，那汽车夫一面按喇叭一面把着驾驶盘，车在大马路上奔驰。

雷士先生用买来的物件做长城，间隔着，与那女戏子并排坐到那皮垫上，无话可说。女人见到在两人之间的大小纸包阻碍了方便，把它们移到车座的极右边！就把身镶到他身边来了。然而雷士先生仍然不说话，心中则想的是：“这女子，显然是同别一个人做这样事也很习惯了。”望到这秀美的脸颊，于是他起了一种不大端重的欲望，以为自己做点儿蠢事，抱到这女人接一个吻，当然在女子看来也是一种平常事。女人这时正把双臂扬起，用手掠理头上的短发，他望到这白净细致的手臂，望一会儿，又忽然以为自己拘谨可笑得很，找女人说话来了。

他就问：“你除了唱戏还做些什么？”

“什么也不做。看点儿书，陪母亲说点儿笑话，看看电影……我还学会了绣花，是请人教的，最近才绣得有一副枕套！”

“你还学绣花吗？”

“为什么不能学？”

“我以为你应酬总不少。”

“应酬是有的，但明九不许我同人应酬。往日还间或到别的地方去吃酒，自从有一次被小报上说过笑话后，明九就说不能再同人来往了。明九总以为这是不好的，宁可包银少点儿也无害，随便堂会是不行的。母亲说明九是个书呆子，但我知道他的脾气，所以我顺了他。”

忽然在女人话中不断出现“明九”的名字，他愕然了。他说：“明九是谁？”

女人笑了。过了一会儿才轻轻地说：“是我当家的，我们是十月间结婚的。”

本来并无心想和这女子恋爱进一步相熟的雷士先生，这时听到这话，却忽然如跌到深渊里去了。仿佛骤然下沉，半天才冒出水面，他略显粗鲁地问道：“是去年十月结婚的？”

“是的，因为不告给谁，所以许多人都不知道。报上也无人提过。明九顶不欢喜张扬，这人脾气有点儿怪，但是实在是个好人。”

“我完全相信，自然是个好人！他也唱戏吗？”

“不。他是北京大学毕业的。原本我们是亲戚。我说到你时，他也非常敬仰先生！他去安徽了，一时回不来。我到三月底光明方面满了约，或者也不唱戏了，同母亲过安徽去，那边有个家。”

雷士望到这女人的脸，女人因为在年长的人面前说到自己新婚的丈夫，想到再过两三月即可到丈夫身边去，欢乐的颜色在脸上浮出，人出落得更其光艳了许多。

车到新世界转了个弯，两人的身便挨了一下。

雷士先生把身再离远了女人一点儿，极力装成愉悦的容色，带笑说道：“秋君小姐，那你近来一定顶幸福了。”

“先生说幸福，许多人也这样说！母亲和人说，明九也很幸福。其实母亲比我同明九都幸福，先生，是不是？”

“自然是的。”他歇了一歇又慢慢地说，“自然你们一家都是幸福的。”他又笑，“苦了多少年，总算熬出来了。应当幸福！”

“先生，你说的话使我想起你××上那篇文章来了，你写那个中年人见了女人说不出话的神气，真活像你自己！”

“你记性那样好！”

“哪里是记性好。我一听你说话，就想起你小说里那个人模样神气，真像，怪可怜的。只是你可不是那样潦倒的人。”

“我不是那种人吗？对了。”他打了个哈哈，“你太聪明了，太天真了，年轻人，你真是有福气的。到家时为我替老人家请安，问好，这些东西全送给老人家，我改日来奉看，如今我还有点儿事，要走了。”他见到前面交通灯还红，汽车还不能通过，就开了左边车门下去了。

女人想拉他已赶不及，雷士把车门关上了。女人急命车夫不忙开车，把门拉开，想下车追赶雷士先生。雷士先生已走进大世界的大门，随到一群人拥进闹嚷嚷的人丛中，待到女人下车时，已无雷士先生的影子。

七　大世界

他糊糊涂涂进了大世界，糊糊涂涂跟随那来自城乡各处一群人走到一个杂耍场去，糊糊涂涂坐下，喝着卖茶人送来的茶，情绪相当混乱。喝了一口茶，听到那台上小丑喊了一句“先生，今天是过节”，他想起他那么匆忙下车似失礼貌，且忘了问这女伶住址，便有点儿懊悔了。待到那卖茶的送果盘来时，他从皮夹中取出一张一元钞票，塞到“茶博士”手中，踉踉跄跄地又走出杂耍场，走出大世界，到了那先前一刻下车的地方。他估想或者女人还在等候他，谁知找他不见的女人，早已无踪无影。

八 街上

他走到刚才那停车处，这时前面灯又呈出红色，一辆汽车正停在那里，他望到一车中是两个年轻男女，坐紧挤在车中一角。他真想跳上车去打这年轻男子一顿。然而前面灯一转绿色，这车又即刻开去，向前跑了，他只有在那路旁搓手。

今天的一切事使这个未老先衰的人头脑发昏。究竟是不是真经过了这种种，他有点儿疑惑起来了。他在下车时，匆忙中把自己买的几本书也留到车上了。他不能想象这时车上的女人是怎样感想，因为再想这女人，他将不能不在这大路上忍住他的眼泪了。

他究竟是做错了事，还是把事情做得很对？自己也并不知道。

他想，应当在这里等候到天夜，从夜到天明，或许总有一时这个女人会由原地过身，见到他还在此不动，或者就会下车来叫他上车。

他又想回到龙飞车行去，等候那女人坐的汽车回时，就依然要那车夫再送一趟，就可以在她正和她母亲谈说到他时，人就在门外按铃。

……还是回家去好，时间已将近六点，路灯有些已放光了。

他今天，若不出门，则平平稳稳地把这几点钟消磨到一种经常性寂寞中，这一天也终于过去了。“也许这时回家，到了家，又当有什么事发生，”他正像不甘平凡，以为天也不许他平安过这一天，还留得有另一巧事在家中等候，这样打量着，跳上一部街车，当真回家了。

□九　家中

他又坐到窗前，时间是入夜七点了。

家中并没有一件稀奇的事等候他。他在家中也不会等候出稀奇的事情来。他要出门又不敢出门了，他温习这一天的巧遇。

这时土蜂窠已见不到了。

这时那圆脸的卖书的小伙计，大致也放了工，睡到小白木床上，双脚搁到床架上，横倒把头向灯光，在那里读新小说了。

这时那得了许多书籍的两个中学生，或者正在用小刀裁新得的书，或用纸包裹新书，且互相同家中人说笑。

这时得了礼物的女人，是怎么样呢？这事情他无法猜想，也无勇气想下去了，不知为什么，印象中却多了个“明九”！

他坐在那里，玩味白天的事情。他想把自己和这女人的会晤的情形写一首诗。写一两张，觉得不行，就把纸团成球丢到壁炉里去了。他又想把这事写一小说，也只能起一个头，还是无从满意，就又将这一张纸随意画了一个女人的脸，即刻把它扯成粉碎。他预备写一封信给××书店，说愿意每月给五块钱给那圆脸伙计供买书和零用，到后又觉得这信不必写，就又不写了。他又预备写一封信给那两个青年，说希望同他们做朋友，也不能下笔。他又想为那女戏子写一封信，请求她对他白天的行为不要见怪，并告给她很愿意来看她们母女。

他当真就写那最后所说的一信，极力地把话语说得委婉成章，写了一行又读一次，读了又写一句。他在这信上说着极完满的谎，又并不把心的真实的烦闷隐瞒。信上混合了诚实与虚伪两种成分，在未入女人目以前，先自己读着就坠泪不止。

没有一个人明白他伤心的理由，就是他自己在另一时也恐怕料不到这时的心情。他一面似乎极其伤心，一面还在那里把信继续写下。钟打了八点，街上有人打锣鼓过去的，锣鼓声音使他遽然一惊，想起写信以外的事了。他把业经写了将近一点钟的三张信稿，又拿在手上即刻撕成长条了，因为街头的锣鼓喧阗，他忆及今夜光明戏院的种种。

想到去，就应当走，不拘如何，也应当到那里看去。看看热闹。

十　花楼

到了光明戏院，买了个特别花楼的座。到里面才明白原来时间还早，楼下池子与楼上各厢还只零零落落，上座不及一半。戏院的时钟还只八点二十分。他决计今夜当看到最后，且应当是最后一个出戏院的人，用着战士的赴敌心情，坐到那有皮垫的精致座椅上了。

一个茶房走过来，拿着雪白毛巾，热得很，他却摇摇头。

“要什么茶？毛尖、雨前、乌龙、水仙、祁门……”

“随便。”

“吃点儿什么？”

“随便。”

“要不要××特刊？今天出的。这里面有秋君的相，新编的访问记。”这茶房原来还拿得有元宵××特刊，送到他手上时，很聪明地不问及钱，留下一本，就泡茶去了。他就随意地翻那有相片的地方看。

不到一会儿那茶房把盖碗同果盘全拿来了，放到雷士身边小茶几上，垂手侍立不动。这茶房，一望即知是北派。雷士问他是不是天津人，茶房笑说是的。是天津卫生长的，到上海已七八年。

雷士翻到秋君的一张照相，就说：“这姑娘的戏好不好？”

茶房笑，说：“台柱儿一根，不比孟小冬蹩脚！小报上说好话的可多咧。”

“今天什么时候上场？”

“十一点半。要李老板唱完《斩子》，杨老板唱完《清官册》，才轮到她，是压轴戏。”

“有人送花篮没有？”

“多极啦。这人不要这个，听别人说去年嫁了个大学生，预备不唱戏了。”

“嫁的人是内行不是？”

“是学生，年轻、标致，做着知事。我听一个人说的，不明白真假。我恐怕是做县长的小太太，多可惜。”

“她有一个母亲，也常来听戏吗？”

“‘听戏’，这里说‘看戏’！上海规矩全是说看戏！”

“我问你，这老太也常来？”

“今天或者要来吧。老太太多福气，养了小闺女儿比儿子强得多，这人是有福气的人！”

“她同人来往没有？我听说好像相交的极多。”

“谁说！这是好人，比这里女学生还规矩，坏事不做，哪里会极多！”

“用一点儿钱也不行吗？”

“您先生说谁？”

“这个！”雷士说时就用手指定那秋君便装相。

“那不行。钱是只有要钱的女人才欢喜的。这女人有一千一百块的包银，够开销了。”

“我听人说像……”

“……”茶房望了一望这不相信的男子，以为是对这女人有了意，会又像其他的人一样，终会失望，就在心中匿笑不止。

这时在特别包厢中，另一茶房把两个女人引到厢中了，包厢地位在正中前面，与雷士先生坐处成斜角，故坐下以前回头略望的那一个年轻女人，一眼就望到雷士了。她打了招呼，点点头，用手招雷士先生，欢喜得很。又忙到她母亲耳边轻轻地告给这老人，说雷士先生就坐到后侧面花楼散座上。老女人这时也回了头，雷士不得不走过包厢去。那天津茶房才明白雷士问话的用意，避开了。

◘ 十一　特别包厢

他过去时，望到老太说不出一句话，他知道女人必已经把日间的事一一告给这母亲了，想起自己行动在这一个女戏子母女面前，这作家真是窘极丑极了。

那母亲先客客气气地说谢谢雷士先生送了那样多礼物，真不好意思。又说秋君不懂事，不邀请先生到家里来过节，又不问好地址，所以即刻要她到书局去问，才知道先生住处。待打发车夫到住处邀先生来戏院时，又说不在家了。雷士听说这母女还到书局去问，还到自己住处去接，更不知道如何说话了。他当然只好坐到这里，坐下以后又同这母亲谈谈若干旧事，这老人总不忘记帮助过她母女的雷士先生，且极诚恳地说到如何希望他身体会比去年好一点儿，如何盼望看见他，又如何欢喜读他的小说。女人则一言不发，只天真地伏在那母亲椅背，笑着望她妈，又望雷士先生。

雷士先生像在地狱中望到天堂的光明，觉得一切幸福忧患皆属于世界所有人类，人与人，在爱憎与其他上面，原都是那么贴紧黏固成整个，但自己则仍然只是独自一人，渺不相涉。虽然在许多地方，许多人，正如何对他充满好意的关心，然而在孤独中生长的人，正如在冰雪中生长的虫一样，春风一来反而受不住了。他听到那做母亲的说到对他关心的话，就深深地难过。他听到那做母亲的十分快乐地把秋君的新婚相告，仿佛告诉一个远方归来的舅父甥女适人的情形，他只是微笑听下去。她还告他秋君的丈夫是个什么样人物，在安徽做些什么事，幸好戏台上在打仗，披了头发赵子龙出了马门一阵混战开始了，话才暂时稍息。

老太太注意舞台上打仗去了，把话暂停，雷士才得了救，极其可怜地望到伏在椅背上一对黑眼珠放光的秋君。秋君也望他，望到他时想起日间的事，秋君轻轻地问，为什么日间要走，有什么不爽快事情。

“不是不爽快，我有事情。”

“你的事我知道。在……上也有那样一句：‘我有事，’这是一个男子通常骗自己的话，不是么？”

“亏你记得这样多。”

“你是这样写过！你的神气处处都像你小说上的人物，你不认账么！”

“我认了又有什么办法？你是不是我写过的女子呢？”

秋君诧异了，痴想了一会儿，眼睛垂下不敢再望雷士了。在这清洁的灵魂上，印下一个不意而来的黑色戳记了，她明白在身边两尺远近的男子对她的影响了，过了许久才用着那充满热情与畏惧的眼光再来望雷士先生。

“你这样看我做什么？”雷士先生说，说时舌也发抖。

女人不作声，却喊她的母亲。母亲虽回了头，心却被赵云的枪法吸引住。

“妈。”女人喊她的妈，不说别的，就撒娇模样把头伏到她母亲肩上去，乱揉。

“怎么啦？”

“我不愿意看这个了。”

“还不到你的时间！还有一点多钟才上装！”

“不看了吧。”

“你病了吗？”

“不。”

“到哪里去？”

“玩去，”她察看了腕上的手表，“还有两小时，我们到金花楼去吃一点儿东西去。”

“你又饿了吗？”

“不。我们到那里去坐坐，我心里闷得很。”

“好，我们去，我们去。雷士先生，我们一道去，高不高兴去呢？雷士先生，若是不想看这戏，我们就去玩玩吧，回头再来看阿秋的×××。”

雷士先生不作声，只望这女人，心中又另外是一种空洞，也可以说仿佛是填了一些泥沙，这泥沙就是从女人眼中掘来的。

女人极其不耐烦地先站起身来，像命令又像自己决定地说：“去！”雷士不由得不站起身子。这时女人极力避开雷士，不再望雷士，且把眉微蹙，如极恨雷士先生，不愿意与他在一个地方再坐。雷士先生则只觉到自己是无论如何将掉到这新掘的井里了，也不想逃，也不想喊，然而心中怔忡，却仍然愿意自己关了房门独在一间房里，单独来玩味这件事，或仍然在大街上无目的地行走，倒反而轻松许多。

十二　车中

在汽车中，雷士先生与那做母亲的坐在两旁，秋君坐正当中，头倚在母亲肩上，心绪极其不宁，时常转动，不说一句话。雷士先生也无话可说，只掉头从车窗方面望外边路上的灯。他除了这样办，再也想不出另外一种方法了。他有点儿害怕这事的进展了，他不避退是不行的。虽然退，前面一个深坑他依然看到，那里面说不定是一窖幸福，然而这幸福是隐在黑暗中的，要用手去摸，所摸到的或者是毒蛇，是蜥蜴都不可知。

他到这个时候又依然不能忘记那个做知事的年轻大学生，他且不能忘记自己的地位。他记得这母亲方才在包厢中提到那新夫婿时的态度，也记得女人在日里提到她丈夫的态度，想起这些他有点儿不敢相信自己了。在一切利害计算上神经过敏比感觉迟钝是更坏一点儿的，所以他又宁愿意仍然作为不了解女人的心情那样来与那母亲谈话了。

然而做母亲的见到女儿心中烦躁，却不来与雷士先生谈话，只把女儿搂在怀里，贴着女儿的脸。雷士先生就在那一旁，懊悔自己白天做错了事，把一种机会轻易放去。又觉得自己实在蠢得可笑。

◘十三　金花楼

到了金花咖啡馆门前，雷士先生先下了车。其次是女人，下车以前先伸出手来，给他，他只得把手捏着，扶女人下来，又第二次把那做母亲的也扶下来，在这极其平常的小小节奏中，雷士先生的心正如一缕轻烟，吹入太空，无法自主。他仿佛所要的东西，在这些把握中就得到了。又仿佛女人是完全天真烂漫，早把在戏场时的事早已忘掉，因为女人一入这大咖啡馆，听到犀角的小提琴唱片，在奏谷弗乐曲子，又活泼如日里在那花店买花时情形，假装的病全失去了。

找到一个座位后，雷士先生为了掩饰自己的弱点起见，把忧郁转成了高兴，夷然坦然地去同那母亲谈话，又十分大方地望着女人笑，女人也回笑，这样一来，大家可以无须乎具有任何戒心，纵或在身体方面免不了有些必然的事，在心上倒可以不必受苦，方便自由多了。她要雷士先生始终对这种心情同意，故向雷士先生说：

"这里不比戏场，同母亲说话，是不怕被锣鼓搅扰的。"

"是的，我忘记问老人家了，过年也打点牌玩吗？"

"没有人。白天阿秋不唱戏，我就同她两个人捉皇帝，过五关，这几天也玩厌了，看书。"

"我听说老人家还能看书，目力真好。"

"谢谢雷士先生今天送的一包书，还有那些礼物。我阿秋说这是雷士先生送我的，我见到这样多的东西时，骂阿秋不懂事。阿秋倒说得好，她说书应当归她所有，东西归我，好笑。雷士先生，你对我们的好处，我们真不好说感谢的话了，天保佑你得一个——"

"妈妈，"女人忽然抢着说，"什么时候我们过杭州去？"

"你说十八到二十没有戏，就十八去。"

"十八！"女人故意重复说及十八，让雷士先生听到，且伶俐地示意雷士先生，请他注意。

雷士先生说："喔，十八老人家过杭州吗？"

"阿秋说去玩两天，乘天气好，就便把嗓子弄好点儿。她想坐坐船了，想吃素菜了，所以天气好就去。雷士先生近来是……"

女人又抢着说："妈，我们住新新，住大浙？"

"就住后湖新新，随你意思。"

女人又说："雷士先生，你近来忙不忙？"

"……忙什么？"

"事情多吧？"

"无聊比事情还多。"

"无聊为什么不也趁天气好和我们一同到杭州去玩几天？"

雷士先生不好如何说话。

女人又向她母亲说："妈，若是雷士先生没有事情，能同我们一起去，就好极了。"

"恐怕雷士先生不欢喜同我们在一块玩。"

雷士先生就说："没有什么，不过我……"

"十八去，好极了。雷士先生你不要同我妈说不去，天气好，难得哩。"

"当真去吗？"

"为什么不去？我说到杭州，是顶欢喜的。划划船，爬爬山，看大红金鱼，吃素菜，对日头出神，听听灵隐老和尚撞钟，真好。妈，明九他若来——"说到这里时，这女人望到雷士先生又把头垂下，住了口。

那母亲说："阿秋，你今天又忘记写信了！我早告你是应当寄信给明九告他那件事！你今天因为见到雷士先生，就只知道同我说这样那样，也不知道疲倦。"

女人低了头，不作声，情形又像因想起了什么事头痛，心里不耐烦起来了，反映到神气间十分明确。

雷士先生虽然不意中似乎又受一点儿打击，但女人举动是看得很分明的。女人不作声，忽然又烦恼了，就觉得这事情真渐趋于复杂，成为不容易解决的事了。

女人愿意雷士先生同过杭州西湖去玩几天，这动机在女人心中潜伏了什么欲望，雷士已明白肯定再不容怀疑了。不过在她的天真纯朴的心上，也许以为这样做不过是一种游戏，就尽雷士先生在一种方便中做一个情人，可以在这游戏中使雷士先生成一个能够快乐的男子，却并不是怎样危险的游戏。

雷士先生则先看到这危险，故忧愁放到脸上，不快活的意思，完全与这时女人因一种潜在情绪骚动在心中而显出的烦恼两样。他是不是要利用这机会做一点儿事业，他还无法决定的。他把这事答应了，就应当去，应当到那里尽他所能尽的一个男子本分，在这种天与其便的事上得到分内的幸福，他再因循则可以说是一种罪过。不过事情还有三天，在三天中他若能沉醉到酒里，则或者容易过去，也不会别有枝节变故。若这三天尽这中年人来想，可不知道凭空要想出多少忌讳了。雷士先生知道自己的坏处是比别人知道他的长处还多的，他就不能有这种信心相信到三天以后自己真过杭州！他这时愿意、敢，到时也说不定又害怕，愿意仍然留在上海，过安宁单调的生活了。并且他又想，时间还有三天，单是今天一出门，所遇到的就变幻离奇到意料之外了，那三天中尽事实可能，还不知如何延展这局面。也许到时他纵不缺少勇气，勇气却又全无用处，事情变了。

同时，他见到这女人青春的身体，轻盈的姿态，初熟鲜果似的情欲知识，又觉连三日后也不可忍耐，只想天赐其便，这时就能把这女人拥到怀中，尽量一饱。

他在意识中潜伏一种原始性吃肉饮血的饥饿，又在意识中潜伏一种守分知足的病态德行。他尽这两种心情在自己意识中互相冲突，意志薄弱的他就既不左袒也不右袒。唯其既不能左也不能右，要在言语上始终保持到他略无痕迹的自然，也就不大可能。

他又有妒嫉情绪，因为这妒嫉情绪，他就觉得血在心上涌，以为无论如何也要把这女人拿到手上一天或一分钟，要像他人那样看清楚了这女人一切才放下。到妒火中烧时，他是完全不为自己设想也不为女人幸福设想，只想等待那机会一到，就将成为恋爱的人，使女人屈服，到后且不妨尽这做男子者知道有过这样一回事的。这也不过是“想”而已。若果想到的事全有危险的可能，则他稍过一时，又想到用自杀结束这一悲剧，给这社会添一故事，那当然是更危险了。

他想的其实可以说是全无用处的。这时应当做的只是来同这老太太说一点儿闲话，同时用一些精巧的言语，随意把女人颠倒着，感动着，苦恼着，则雷士先生便不愧为男子，因为凡是男子应做的他已照做了。

他有理由说各样俏皮的话，也还有理由说点儿谎话，极不合理的就是缄默。他一面做成十分小心听老人的神气，用耳朵去听那些琐碎话，一面用眼睛极残忍地进攻他面前的女人的心，极不应当低头去望自己的皮鞋。望到自己皮鞋的他，回想到那从鞋店出来见到的舞女。他去想那舞女，却不能同眼前的女伶好好说话，真是无用的男子，另一时他自己也将无法否认的。

局面的沉闷是雷士先生应当负责的。不过咖啡已来，大家就把注意力转到咖啡上去，所以雷士先生与女人皆得了救。他就不含糊地夸奖这咖啡，说是比大华还好得多。

“雷士先生到大华跳舞吗？”母亲说。

“没有，我只到那里吃过两顿晚饭。我这人笨得很，在上海住了三四年，还没学会跳舞！”

“为什么不跳舞？”女人说。

“不会。也很少和熟人去凑热闹！”

“那些地方实在人太杂乱。我阿秋会的不多，要学就问阿秋，她倒欢喜做先生教人。”

“我想学唱戏。”

“雷士先生又说笑话。你那么一个人，会干这行！”

“不是笑话，我真愿意到台上去胡闹一阵。我看他们打筋斗的都像很高兴，生活也不坏。即或累一点儿，也有意思。”

母女全笑了，母亲说：“戏院可请不起你这样一位名人。”

“正因为不要名誉，我或者就可以安分生活下来了。”

“你这样做社会不答应，要做也做不来！”女人这样说。意思是并不出本题以外。

“社会是只准人做昨天做过的事，不准人做今天所想做的事。”

“除了雷士先生想到戏台上打筋斗，别的事倒是可以做的。”这话是那母亲说的，好像间接就劝说了雷士不要太懦怯。

“秋君小姐以为这话怎么样？”

女人笑了，咬了一下嘴唇，把话说到另外事情上去，她问她母亲：“那我将来真到美国去学演电影，妈妈说好吗？”

“有什么不好。愿意做的就去做，就好了。人哪有一成不变的事。”

雷士先生说：“真是。我以后也就照到老人家所说的生活下去，必定会幸福一点儿。”

“是！幸福就是这样得到的。但是为什么又觉得这样那样才幸福，换个生活方式就不幸福……”女人话不说完，又笑了。笑中意思像是，一个人不太固执成见，就会觉得幸福。

“为什么？”他要说的话只用眼睛去说，他望到女人那充满稚气又极善良的神气。

女人不听这话，自己轻轻地唱歌，因为这咖啡馆这时所上的一张唱片，就正是她不久要唱的戏，她在避开雷士先生的询问，然而在另一意义上她却仍然上前了。

……

◘十四　车中

雷士先生什么话也不说，用手捏着秋君的手，默默地到了光明剧院。

◘十五　特别包厢

陪那母亲坐到那里看秋君做戏，他下场时记不清楚同那老太太说了些什么话。

◘十六　车上

仍然捏了秋君的手默默地送这两母女到家，自己才坐那汽车回住处。他准备大后天上杭州换换生活。

◘十七　？

……

一九二九年春作

编者说明

沈从文，二十世纪中国最优秀的作家之一。湖南凤凰人，早年投身行伍，一九二四年开始文学创作，是白话文革命的重要践行者和代表作家。沈从文文采斐然，笔耕不辍，以湘西的人情、自然、风俗为背景，凭一颗诚心，用最干净的文字缔造了纯美的湘西世界，也由此奠定了他在中国现代文学中的独特地位。

从文先生的小说和散文，大大丰富了中国现代文学的审美形象，湘西世界反映出的对自然的感怀和对纯粹人性的渴望，也引起了广大读者的共鸣。其晚年主要从事中国古代服饰研究，编著的《中国古代服饰研究》填补了中国文物研究史上的一项空白。

参考现已出版的各种相关文集，我们精心选取了沈从文作品中的经典篇目，并根据题材和内容特色对所选篇目重新编排。在编校过程中，我们力求保持作品原貌，只对所选作品原文的个别字词、标点符号及相关引文进行了修订和校正，以飨读者。

限于学力和经验，在编校中难免有错讹疏漏之处，敬请广大方家、读者斧正。

编　者